Die Tote
im alten Schulhaus

Die Tote
im alten Schulhaus

Sabine Möller-Beck

Bibliografische Information der Deutschen Nationalbibliothek:
Die Deutsche Nationalbibliothek verzeichnet diese Publikation in
der Deutschen Nationalbibliografie;
detaillierte bibliografische Daten sind im Internet über
http://dnb.dnb.de abrufbar

Autor: Sabine Möller-Beck

Herausgeber: Franz von Soisses
Lektorat: Cornelia von Soisses
Covergestaltung und Layout: Andrea Skorpil

© 2016
intinn@soisses.com

Herstellung und Verlag:
BoD - Books on Demand, Norderstedt

ISBN: 978-3-7412-0485-2

Prolog

Endlich war es so weit: Die kleine Familie konnte nach endlosen Umbauten das alte Schulhaus beziehen.

Lange hatte die alte Dorfschule in einem Münsteraner Stadtteil leer gestanden. Die Instandsetzung und Renovierung erschien jedem Interessenten zu kostspielig. Doch vor einem halben Jahr hatte sich eine Familie gefunden, die weder Kosten noch Mühen scheute, das alte Gemäuer wieder instand zu setzen.

„Wir werden uns hier heimisch fühlen", sagte Hubertus, ein waschechter Münsteraner zu seiner jungen Frau. Auch wenn diese anfangs skeptisch war, ließ sie sich von dem Enthusiasmus ihres Mannes anstecken, und je weiter die Zeit fortschritt, desto mehr freute auch sie sich auf ihr neues Domizil.

Da das Haus mehr als genug Platz für die Familie bot, hatte Sigrid nach endlosen Diskussionen mit Hubertus durchgesetzt, dass eine kleine Einliegerwohnung für ihre alte Kinderfrau ausgebaut werden sollte.

Tante Mia hatte sie seit ihrer frühsten Kindheit begleitet, da ihre Eltern, beides Geschäftsleute, nie wirklich Zeit für sie gehabt haben. Sigrid hatte das aber nie so empfunden, weil es ja nun Tante Mia gab.

Mia Schulte war eine Bäuerin, die sich damals ein Taschengeld dazuverdienen wollte, da die Landwirtschaft nicht genug abwarf. Schon bald, nachdem sie ihre Stelle als Kindermädchen und Haushälterin bei Familie Reckmann, Sigrids Ursprungsfamilie, angenommen hatte, wurde sie für diese unentbehrlich. Das lag nicht unbedingt nur daran, dass ihr selten etwas zu viel wurde, sondern hauptsächlich an ihrem westfälischen Naturell.

Sigrid kannte sie eigentlich nur in robusten Kittelschürzen, die schwarzen Haare zu einem Dutt hochgesteckt, immer rote Wangen und ein verschmitztes Lächeln auf den Lippen.

„Irgendwie scheint sie nicht älter zu werden", dachte die junge Frau und musste lachen, wenn sie sich an all die Erlebnisse, die sie mit der sehr unternehmungslustigen Frau erlebt hatte, erinnerte.

Hubertus, der Tante Mia eher als anstrengend empfand, war anfangs überhaupt nicht von der Idee seiner Frau, die alte Dame mit ins Haus zu nehmen, begeistert gewesen.

Aber das Argument, 'sie kann sich mit um unsere Kinder kümmern', hatte auch ihn letztendlich überzeugt.

Von Woche zu Woche schien das alte Haus, das in früheren Zeiten einmal die kleine Dorfschule beherbergt hatte, wieder mehr zum Leben zu erwachen.

Die Arbeiten gingen gut voran und schon bald konnten die Möbel geliefert werden und die Familie einziehen.

Die Bewohner des Stadtteils, den sie selbst gerne noch als Dorf bezeichneten, beobachteten den Umbau skeptisch. Aber Hubertus Schulte Althoff war den meisten wohlbekannt, da er der Sohn eines Gutsherrn in der benachbarten Dorfbauernschaft war.

Nachdem feststand, dass er keineswegs in die Landwirtschaft einsteigen wollte, hatte sein Vater ihm zähneknirschend ein Studium finanziert und war nun doch stolz auf seinen Sprössling.

Einen Doktor hatte es in der Familie bislang noch nicht gegeben.

Anlässlich der Praxiseröffnung seines Sohnes hatte er ihm sein Erbteil ausbezahlt, eine stattliche Summe, sodass Hubertus und Sigrid sorgenfrei das große Haus umbauen konnten.

Für Sigrid war es wichtig, dass ihre Kinder in einem ruhigen sozialen Umfeld aufwuchsen, aber es durchaus eine Anbindung an die Stadt Münster gab.

All diese Wünsche wurden in diesem Stadtteil erfüllt.

Auch das Haus stellte alle zufrieden: Große helle Wohnräume, für jedes der drei Kinder ein eigenes Zimmer, das Wohnzimmer hatte beinahe die Ausmaße eines Ballsaals und die Küche, die im Erdgeschoss lag, war, bedingt durch ihre Größe, fast eine zweite 'gute Stube'. Hier würde man viele gemütliche Stunden verbringen können.

In der nächsten Woche sollte auch die Einliegerwohnung fertig sein, sodass Tante Mia einziehen könnte und die Familie komplett sein würde.

1.Kapitel

Am Umzugstag schien die Sonne und tauchte den Kirchplatz, an dem das Schulhaus stand, in goldenes Licht. Heimelig begrüßte das Gemäuer, was von altem Wein überrankt war, seine neuen Bewohner.

Fröhlich dirigierte Sigrid Schulte Althoff die Möbelpacker, versuchte ihre drei Jungen, die natürlich völlig aufgedreht waren, in Schach zu halten. Justus, der älteste der Geschwister, schien jedem im Weg zu stehen. Kaum hatte ihn jemand verscheucht, tauchte er aus dem Nichts an der nächsten unpassenden Stelle wieder auf.

Hubertus hatte schließlich die rettende Idee und parkte seinen hoffnungsvollen Nachwuchs auf der Ladefläche des Möbelwagens neben einem Schrank und erklärte: „Jetzt hältst du den Schrank fest, nicht dass er noch umkippt."

Ernsthaft stand der kleine Mann, gerade fünf Jahre alt geworden, neben dem Möbel und vor lauter Aufregung hatte er nach wenigen Minuten schon einen hochroten Kopf.

Sigrid schüttelte sich vor Lachen, als ihr Mann von seinem Coup erzählte. Sie selbst hatte alle Hände voll zu tun, die beiden dreijährigen Zwillinge Oskar und Hugo, vor allem aufgrund ihrer Ähnlichkeit nur A- und B-Hörnchen genannt, zu bändigen. Natürlich wollten auch sie 'helfen'.

„Ich bin so froh, wenn Tante Mia gleich kommt", stöhnte die junge Frau und insgeheim gab Hubertus ihr Recht.

Umziehen und Einrichten mit drei temperamentvollen Kindern waren wahrhaftig nicht ohne.

Nach und nach leerte sich der Wagen und die Kisten stapelten sich in allen Zimmern. Justus bewachte noch immer seinen Schrank, um den auch die Möbelpacker einen großen Bogen machten. Sigrid versuchte, die Zwillinge gerade zu überzeugen, dass es sehr cool sei, in den noch nicht eingeräumten Zimmern einen Mittagsschlaf zu halten, als ein alter klappriger Mercedes vorfuhr.

Die Dame, die ihm entsprang, schien ihm im Alter in Nichts nachzustehen.

Tante Mia war da.

Zur Feier des Tages hatte sie sich 'stadtfein', wie sie es selbst bezeichnete, gemacht. Ihr bestes Kostüm trug sie. Da der Knopf am Rockbund sich nicht mehr schließen ließ, 'die Reinigungen sind auch nicht mehr das, was sie einmal waren, ist der Rock doch glatt eingelaufen', hatte sie kurzerhand einen breiten Gürtel um die Hüften geschwungen, der einst ihrem Ehemann Jupp, 'Gott hab ihn selig', gehörte und ihrem eleganten Outfit einen etwas robusten Touch gab.

Hubertus starrte die Kinderfrau seiner Gattin erstaunt an. Sigrid kicherte vor sich hin und schon stürzte Mia auf die beiden zu.

Herzhaft knallte sie Hubertus zwei nasse Küsse auf die Wangen, kniff Sigrid in dieselben und sagte: „Wichtken wie gut, dass ich jetzt da bin. Du bist ja ganz blass um das Näschen!"

Herzlich begrüßte Sigrid die alte Frau und sofort übernahm sie das Regiment.

„Männers, jetzt ist erst mal Pause", hieß sie die Arbeiter willkommen und beförderte aus den Untiefen ihres Autos einen großen Einmachtopf.

„Ich denke, die Küche steht ja noch nicht, aber eine funktionierende Steckdose wird es ja wohl geben."

Mit diesen Worten stiefelte sie auf direktem Wege in die Küche, stellte den Topf auf einen Stuhl, stöpselte ihn ein und rief: „In fünf Minuten gibt es Gulaschsuppe für alle!"

„Kind, wo sind denn Teller und Löffel?" Fragend schaute sie Sigrid an.

„Keine Ahnung", erwiderte diese. In diesem Moment beschloss Hubertus, die Flucht zu ergreifen und erst wieder aufzutauchen, wenn die Suppe auf den Tellern bereits dampfte.

Doch die Rechnung hatte er ohne Tante Mia gemacht.

„Hubsi", brüllte sie quer durch das Haus, „hier hast du Geld." „Geh mal los und besorg' Plastikteller und Löffel, und Brötchen kannst du auch gleich mitbringen!"

Ergeben nahm Hubertus, der nichts mehr hasste, als 'Hubsi' genannt zu werden, die Geldbörse und machte sich auf den Weg in den nahe gelegenen Supermarkt.

Grinsend schaute Sigrid ihrem Mann hinterher.

Mittlerweile war es Justus auf dem Lkw zu langweilig geworden und es dämmerte ihm, dass besagter Schrank auch wohl alleine stehen würde und er viel lieber im Haus mitmischen wollte.

„Taaaaaaanteeeeeee Miiiiiiiiiiiiiiiiiiiiiiiiiiiiiiiiiiiiiiiii!", brüllte er wie am Spieß und genoss den Erfolg, als Tante Mia wie von der Tarantel gestochen die Ladefläche enterte.

„Ker, Jung', watt machst du denn hier?"

„Ich halte den Schrank fest", erklärt das Kind ernsthaft.

„Ich glaub' der steht auch ohne dich! Komm, wir gehen ins Haus. Gleich gibt es auch was zu essen."

Sie reichte dem Jungen die Hand und gemeinsam liefen sie zum Haus zurück.

Die Möbelpacker hatten es sich auf provisorischen Sitzgelegenheiten bequem gemacht und löschten den Durst mit einem kalten Bier.

„Alkoholfrei!!!", bemerkte Mia zufrieden. „Wo kämen wir denn sonst auch hin ..."

Sigrid war in der obersten Etage beschäftigt. Die Zwillinge waren von Justus' Geschrei aufgewacht und verschafften sich nun lauthals ebenfalls Gehör.

12

Endlich kam Hubertus zurück und überreichte Mia die gewünschten Sachen.

„Dann geht's jetzt los", freute sie sich, kramte kurz in ihrer Einkaufstasche, die sie stets bei sich hatte, holte eine Schürze heraus, band sie um und begann, heiße Gulaschsuppe zu verteilen. Dankbar nahmen alle die Stärkung entgegen.

Nur ab und zu hörte man ein leises Schlürfen, allen schmeckte die herzhafte Suppe und Mia dachte, nun sei die Zeit wohl gekommen, ihrer Familie von der neusten Errungenschaft zu erzählen. Insgeheim hoffte sie, dass im Beisein der Möbelpacker die Diskussion nicht ganz so heftig ausfallen würde.

„Kinder", begann sie, „da ist noch etwas, was ich euch sagen muss."

Erstaunt hielten Hubertus und Sigrid inne.

„Also", räusperte sie sich, „also, ich werde hier nicht alleine einziehen!"

„Wie?", fragte Sigrid.

„Was heißt nicht alleine?"

Natürlich kannte Sigrid noch Onkel Jupp. Über fünfzig Jahre waren die beiden verheiratet gewesen und auch heute, vier Jahre nach seinem plötzlichen Tod, ließ Mia nichts auf ihren Josef kommen. Einmal in der Woche besuchte sie ihn auf dem Friedhof, berichtete ihm stets den neusten Dorftratsch und holte sich manch einen Rat bei ihm.

Also, was sollte ihre Aussage bedeuten?

Tante Mia holte tief Luft, bevor sie mit fester Stimme sagte: „Ich habe mir einen Hund gekauft."

Justus brach als erster die eingetretene Stille.

„Wie süß. Was denn für einen?"

Fassungslos starrten Hubertus und Sigrid die alte Dame an.

„Einen Hund?", fragten die beiden unisono.

„Ja", strahlte Mia jetzt. „Einen kleinen Münsterländer. Ihr wisst doch, ich wollte schon immer einen eigenen Hund haben, aber Jupp, naja, der war damit nicht einverstanden. Aber als ich ihn vor vierzehn Tagen gegossen habe, habe ich ihn gefragt und er meinte, dass er ja nun nicht mehr mit einem Hund, ehrlicherweis muss ich sagen, er hat Köter gesagt, unter einem Dach wohnen müsste und somit wäre es für ihn okay."

„So kann man es auch machen", murmelte Hubertus, während seine Frau nach den richtigen Worten suchte.

Oscar und Hugo hatten erst jetzt verstanden, was die Stunde geschlagen hatte und rannten laut bellend durch die Küche.

„Das halte ich nicht aus", bemerkte Hubertus.

Die Möbelpacker konnten sich ein Grinsen nur mit größter Mühe verkneifen.

„Auf geht's, Männer", befahl der kleine Dicke, der anscheinend etwas mehr zu sagen hatte als die anderen.

Sofort erhob sich der Rest.

„Da müssen wir aber noch einmal drüber reden", warf Sigrid schüchtern ein.

„Papperlapap", antwortete Mia. „Ich habe doch meine eigenen vier Wände. Wir werden niemanden stören!" „Und für Kinder", jetzt sah sie sich Beifall heischend um, „ist es eh besser, wenn sie mit Haustieren aufwachsen, von wegen sozialen Gedöns!"

„Was hast du nicht alles angeschleppt", erinnerte sie ihren Zögling.

Sigrid gab sich vorerst geschlagen.

Das Hereintragen der Möbel ging weiter voran und schon morgen könnte der Küchenmonteur kommen.

Stunden später hatte Sigrid die Neuigkeit schon fast wieder vergessen und freute sich, dass Tante Mia sich bereit erklärte, die Kinder zu baden und ins Bett zu bringen.

Sie hörte sie bis in die unterste Etage herumalbern:

„Ik un du, Möllers Ko, Möllers Iesel dat büs du."

Derjenige, der Möllers Esel war, musste, ohne zu murren und zu meckern, ins Bett marschieren.
Das hatte früher auch schon geklappt.

Die nächsten Tage vergingen wie im Fluge und nach guten zehn Tagen hatte Sigrid es mithilfe von Mia geschafft, die alte Schule in ein Zuhause zu verwandeln.

Hubertus hatte es vorgezogen, bereits am Tag nach dem eigentlichen Einzug in seine Praxis zu fahren.

Kisten auspacken, einräumen und dekorieren überließ er nur zu gerne den Frauen.

Auch Mias Einliegerwohnung war fertig und sehr gemütlich geworden.

„Ich alte Frau brauch ja nicht mehr viel", pflegte sie zu sagen und freute sich wie ein kleines Kind zu Weihnachten über die neue Küche. Alle anderen Möbel hatte sie aus ihrem alten Häuschen in der Dorfbauerschaft mitgebracht.

Die Kinder waren gerne bei ihr und nun war es an der Zeit, alles für den neuen Mitbewohner herzurichten.

Als Erstes kaufte sie ein Körbchen, Fressnäpfe und allerhand Spielzeug.

Sigrid schlug zwar vor, einiges im Internet zu bestellen, aber von dem neumodischen Kram wollte Mia nichts wissen.

„Nee, Wichtken, dat lass man. Ich muss die Klamotten sehen und anfassen."

Alles stand für den Welpen bereit und auch Hubertus und Sigrid hatten sich allmählich mit dem Gedanken, nun auch einen Hund zu beherbergen, abgefunden.

Hubertus hatte sich zu seinem Erstaunen sogar ein bisschen mit Mia angefreundet, was allerdings hauptsächlich daran lag, dass sie neuerdings in der Schulte-Althoff-Küche das Zepter schwang. Anfangs hatte sie beobachtet, dass Sigrid, die stets auf ihre schlanke Figur bedacht war, sehr kalorienbewusst kochte.

„Wicht, dat ist doch kein Essen für so einen Kerl wie dein Hubertus."

Kopfschüttelnd hatte sie Sigrid aus der Küche verbannt und kochte mit Hingabe westfälische Gerichte.

Himmel und Erde stand gerade bei den Kindern hoch im Kurs und auch Hubertus genoss sichtlich die deftigen Gerichte.

So hatte Tante Mia sich sozusagen mitten in sein Herz gekocht.

2.Kapitel

An einem Montagnachmittag zog Max, ein niedlicher Münsterländer-Welpe bei Tante Mia ein. Der Züchter hatte es sich nicht nehmen lassen und den jungen Hund nebst Stammbaum selbst gebracht.

„Der Stammbaum ist ja länger als meiner", staunte Mia, als sie das Papier entgegennahm.

Joachim Kreienbrock gefiel das Kaffeetrinken mit der alten munteren Dame sehr. Er war sich sicher, dass Alois von Kreienbrock, das war der richtige Name des Hundes, das perfekte Frauchen gefunden hatte. Als Mia Schulte ihn vor Wochen aussuchte, hatte sie mit sicherem Blick diesen Welpen erkoren und gesagt: „Tach Max. Du heißt doch Max, oder? Auf jeden Fall siehst du so aus, ich glaub, wir beide werden uns gut verstehen."

Es war Liebe auf den ersten Blick von beiden Seiten, und so hatte Züchter Kreienbrock auch ein gutes Gefühl, als er ohne Welpen wieder nach Hause fuhr.

Mit Max kam Leben in die Bude.

Da er ja noch jung war, war er noch nicht stubenrein und Tante Mias erste Mission war es, ihm beizubringen, dass man, wenn man ein Hund ist, sein Geschäftchen draußen erledigt.

Um in kürzester Zeit ans Ziel zu gelangen, war Tante Mia jedes Mittel recht.

Ausgiebig feierte sie lautstark 'Pipifeste', wenn das Hündchen sich außerhalb ihrer Wohnung erleichterte. Sehr zum Vergnügen der anderen Dorfbewohner, die das Treiben höchst amüsiert beobachteten. So stand Familie Schulte Atlhoff ganz im Mittelpunkt des Geschehens und die schrullige Tante eroberte die Herzen im Sturm.

Sigrid betrachtete das Gebaren ihrer Kinderfrau gerührt und schon bald hingen ihre eigenen Kinder mit einer Affenliebe an Hund und Frauchen.

„Erst wenn Max zuverlässig stubenrein ist, darf er bei uns ins Haus."

Das hatten Hubertus und Sigrid, die um die teuren Fliesen und das gerade aufgearbeitete Parkett fürchteten, zur Bedingung gemacht.

„Heute Nachmittag trinken wir Kaffee bei uns in der Küche", verkündete Justus eines Morgens beim Frühstück.

„Max pinkelt nämlich nicht mehr ins Haus", fügte er rasch als Erklärung hinzu.

„Na dann", antwortete Sigrid, „dann werde ich zur Feier des Tages einen Kuchen backen."

„Und was bekommt Max?", fragte Oscar.

„Genau", brüllte sein Bruder, „der braucht auch was."

„Hundekuchen!", fiel Justus zum Glück rechtzeitig ein.

„Okay", seufzte Sigrid und zückte ihren Geldbeutel, reichte ihrem Ältesten ein paar Münzen und sagte: „Dann geht mal los ihr drei und schaut, ob ihr Hundekuchen für Max findet. Pass aber gut auf deine kleinen Brüder auf."

Stolz liefen die Kinder los und Sigrid erfreute sich wieder einmal daran, dass sie sie hier so laufen lassen konnte. Keine gefährlichen Straßen lagen zwischen Supermarkt und Dorfplatz.

„Es war wirklich eine gute Idee von Hubertus, dieses Haus zu erwerben."

Punkt 16.00 Uhr stand Tante Mia mit Max an der Leine vor der Haustür. Da es ein Mittwochnachmittag war, war auch der Hausherr zugegen.

Richtig herausgeputzt hatte die alte Dame den Hund. Eine feuerrote Schleife schmückte seinen Hals und auch Tante Mia hatte ihren Sonntagsstaat angezogen.

Die beiden strahlten um die Wette, auch wenn Max die Schleife als störend empfand. Immer wieder versuchte er verzweifelt, hineinzubeißen, was ihm zum Vergnügen der Kinder nicht gelang.

Kaum hatten sie das Haus betreten, raste Max in die Küche und begann in allen Ecken zu schnüffeln. Vor dem amerikanischen Kühlschrank machte er halt, stutzte einen Augenblick und versuchte unter Aufbringen seiner ganzen Kräfte, ein Loch in die Fliesen zu graben.

Die drei Jungen kicherten und Sigrid fragte: „Max, was wird das? In einer Küche kann man keine Löcher graben."

„Junge Hunde sind verspielt", erklärte Hubertus.

Tante Mia schaute erstaunt ihren Hund an.

„So etwas tut er doch sonst nicht. Max, komm her. Sofort."

Max, der sonst auf das erste Wort seines Frauchens hörte, reagierte nicht. Er versuchte nur, umso eifriger zu graben.

„Das ist der berühmte Vorführeffekt", beruhigte Hubertus die alte Frau, „und er ist ja noch jung."

„Nee", antwortete Tante Mia, „da ist bestimmt etwas, wahrscheinlich riecht Max dort irgendetwas."

Irritiert guckten Sigrid und Hubertus von der Tante zum Hund und umgekehrt.

„Was soll denn da sein?", fragten sie erstaunt.

„Keine Ahnung", antwortete Tante Mia, „aber da ist was."

Tante Mia beharrte auf ihrer Meinung.

Nach einer Weile beruhigte Max sich, anscheinend hatte er sich müde gespielt und ließ sich mit einem tiefen Seufzer neben Justus auf den Boden fallen. Augenblicklich fielen auch seine Augen zu und er war in einen tiefen Schlaf gesunken.

Justus streichelte ihn unentwegt.

Nun endlich konnte sich Tante Mia ausgiebig der Tafel, die Sigrid liebevoll eingedeckt hatte, widmen.

Nach dem dritten Stück Kuchen war sie endlich satt.

„Aber ein Tässchen Kaffee nehme ich gerne noch, Wichtken."

„Natürlich", beeilte sich Sigrid und reichte schnell die Kaffeekanne rüber.

Sie stellte sie an den Tischrand.

Als Justus sich aus seiner unbequemen Stellung erhob, passierte es.

Mit lautem Geschepper fiel die Kaffeekanne zu Boden. Ein Gemisch aus Kaffee und Porzellanscherben schmückte die hellen Fliesen.

Die Zwillinge fingen an zu weinen, Justus guckte erschrocken zu seinen Eltern und auch Max schreckte auf, stürzte erneut auf den Kühlschrank zu und begann dort zu jaulen.

Sigrid versuchte, der Sache Herr zu werden, während Hubertus die weinenden Jungen beruhigte und seinen Großen tröstete.

„Das macht nichts, Justus. Das ist mir auch schon passiert."

„Aber wegen mir ist Max jetzt aufgewacht", schluchzte das Kind.

„Der wäre so oder so bald aufgewacht", erklärte Tante Mia dem Jungen, „aber es wundert mich, dass er noch immer dort hinten buddeln will."

„Ach lass ihn doch", entgegnete Sigrid.

„Ich werde jetzt eine Runde Gassi gehen", überlegte Tante Mia und meinte: „Möchte vielleicht jemand mit?"

„Ja, ja, ja", riefen die drei Jungen durcheinander.

„Tante Mi, darf ich Max' Leine halten?", fragte Justus,

„Klar", antwortete Tante Mia.

„Wenn wir wieder da sind, fange ich an zu kochen."

„O ja", freute sich Hubertus und leckte sich schon die Lippen.

„Was gibt es denn?"

„Lass dich überraschen."

Mit diesen Worten scheuchte sie die Jungs auf, nahm den Hund, der sich nicht vom Kühlschrank trennen wollte, an die Leine und musste ihn regelrecht hinter sich herschleifen.

„Und da ist doch was", murmelte sie vor sich hin.

Die kleine Gesellschaft verließ das Haus. Sigrid schickte sich an, die Küche aufzuräumen und Hubertus nahm sich die aktuelle Ausgabe der Westfälischen Nachrichten.

Er war gerade in den Sportteil vertieft, als Sigrid ihn fragte: „Schatz, was hältst du davon, wenn wir Tante Mia fragen, ob sie an einem der kommenden Wochenenden auf die Kinder aufpasst und wir beide einen Kurzurlaub verbringen. Ein bisschen Entspannung würde uns guttun."

„Das ist ja eine gute Idee. Aber glaubst du, Tante Mia schafft das?"

„Klar, die schafft noch ganz andere Dinge."

„Okay, ich habe da auch schon eine Idee", grinste Hubertus.

„Ich schaue gleich mal im Internet nach."

„Mach das", antwortete seine Frau, „ich lasse mich gerne überraschen."

„Fragst du Mia denn gleich beim Abendessen?"

„Kann ich machen."

Tante Mia, Justus, Oscar, Hugo und Max hatten in der Zwischenzeit das Dorf unsicher gemacht.

Als es den Kindern auf dem Spaziergang langweilig wurde, hakte die alte Dame sich bei Hugo und Oscar unter, Justus war ja mit Max beschäftigt und posaunte laut vor sich hin:

„Und eins und zwei und drei und vier."

Bei jedem Wort ging sie mit den Jungs im Gleichschritt einen Schritt vor.

„Ein Hut, ein Stock, ein Damenunterrock!"

Die Jungs mussten kichern.

Bei Damenunterrock stoppte Mia abrupt und führte mit dem rechten Fuß das aus, was sie sich selbst befahl: „Und vorwärts, seitwärts, hoch das Bein!"

Zum größten Vergnügen der Kinder schmiss sie ihr rechtes Bein waagerecht in die Luft, sodass es einer Ballerina Ehre gemacht hätte.

„Jetzt ihr!", kommandierte sie und eine Reihe bildend turnten die vier sich zurück zur alten Schule.

Die Dorfbewohner, die die muntere Gesellschaft unterwegs trafen, mussten laut lachen.

Justus fand es ein kleines bisschen peinlich, wenn Mia ihr Bein in die Höhe lupfte, aber auch bei ihm siegte der Humor, und Tante Mia forderte jeden, der ihnen entgegenkam, auf, mitzuspielen.

Nachdem Max erschöpft von den vielen neuen Eindrücken in sein Körbchen geschlichen war, ermahnte Mia ihn noch einmal, brav zu sein und ging mit den Kindern zusammen in das Haus nebenan.

Dort band sie sich ihre Schürze um, scheuchte Sigrid aus der Küche: „Spielt ihr mal noch ein bisschen mit den Blagen. Ich ruf' dann schon, wenn der Tisch gedeckt werden kann."

„Mama, spielen", bettelten ihre Söhne auch gleich los.

Gemeinsam stiegen sie die Treppenstufen hoch und einigten sich darauf, einen möglichst hohen Turm aus Lego Duplo zu bauen, auch wenn Justus ein wenig maulte. Er hätte lieber mit richtigem Lego gebaut. Das andere war doch Babykram. Aber Sigrid gelang es, ihn zu überzeugen, dass es auch mit den großen Steinen Spaß macht.

Hubertus hatte derweil sein Wort gehalten und studierte eifrig verschiedene Seiten im Internet.

Anscheinend hatte er aber schon gefunden, was er suchte.

„Wenn du Mia gleich fragst, dann buche ich noch heute Abend."

„Gebongt!"

„Was willst du Tante Mi fragen?"

Justus schaute seine Mutter mit großen Augen an.

„Warte es ab. Du wirst es noch früh genug erfahren. Es wird dir gefallen!"

Nach einer halben Stunde hörten sie oben die Kinderfrau rufen.

„Ah", freute sich Hubertus. „Das Essen ist fertig. Es riecht schon wieder himmlisch."

„Zuerst einmal muss der Tisch gedeckt werden", bemerkte Sigrid.

„Ich helfe!", freute sich Justus.

„Ich auch, ich auch!", stimmten ihm die kleinen Brüder zu.

„Auf geht's."

Lachend erreicht sie die geräumige Küche. Mia war völlig in ihrem Element. Mit hochroten Apfelbäckchen stand sie am Herd und brutzelte vor sich hin.

Angetrieben von den Wohlgerüchen deckten die Kinder in Windeseile den Tisch.

„Heute gibt es einen Westfälischen Rosenkranz", verkündete Mia freudig und servierte flugs das traditionelle Gericht: Bratwurst als Kranz gebraten mit Scheibenkartoffeln, dazu einen Blattsalat und natürlich Senf.

„Lasst es euch schmecken!"

Das ließ sich keiner zweimal sagen und beherzt griffen alle zu.

Als der erste Heißhunger gestillt war, erinnerte Sigrid sich ihres Anliegens.

„Tante Mia", schmeichelte sie der alten Dame, „könntest du dir vorstellen, ein ganzes Wochenende mit den Kindern zu verbringen?"

„Klar, Wichtken", antwortete sie. „Warum fragst du?"

„Hubertus und ich würden gerne ein Wochenende verreisen."

„Heißt das, wir sind alleine mit Tante Mi und Max?", fragte Justus aufgeregt.

„Wenn sie zustimmt, dann ja."

Dreistimmiges Indianergeheul war die Antwort.

„Da habe ich ja keine andere Wahl mehr", freute sich die Kinderfrau und begann sofort, mit den drei Jungs wilde Pläne zu schmieden.

„Natürlich kommst du mit Max hierher", sagte Hubertus, „das macht es doch um einiges leichter."

„Schade", maulte Justus, „ich habe gedacht, wir campen bei Tante Mi."

Etwas beleidigt zog er ein Gesicht.

Sigrid zog ihrem Ältesten die Ohren lang und lachte: „Auch hier werdet ihr genug Spaß haben, da bin ich mir sicher!"

Nachdem es beschlossene Sache war, verzog Hubertus sich nach der Nachspeise nach oben, um einen Wochenendtrip zu buchen.

Die beiden Frauen räumten die Küche auf und brachten anschließend die Kinder zu Bett.

„Es ist doch ganz gut, dass Tante Mia hier ist", meinte Hubertus am späteren Abend zu seiner Frau, „es entlastet uns doch sehr."

„Habe ich doch gesagt", murmelte Sigrid, bevor sie in einen tiefen Schlaf fiel.

Die nächsten Tage verliefen ruhig. Die Familie lebte sich immer mehr ein und fühlte sich schon richtig zu Hause.

Ab der nächsten Woche würden auch alle Kinder den Kindergarten besuchen. Das bedeutete, dass Sigrid wieder mehr Zeit haben würde und somit endlich auch ihr Atelier einrichten könnte.

Genau das besprach sie, als ihre Freundin sie in den nächsten Tagen besuchte.

Die beiden Frauen machten zur Gestaltung und Einrichtung des Arbeitsraumes Pläne, als es plötzlich an der Tür klingelte.

„Das wird Rolf sein", sagte Maria, „er wollte mich abholen, weil wir noch eine große Runde mit Chico gehen wollten."

Sigrid öffnete die Tür, begrüßte den Mann ihrer Freundin herzlich und auch Chico, den Collierüden. Ihm kraulte sie den Kopf. Doch dieser schien ungeduldig, riss sich von der Leine los und rannte in die Küche.

„Der hat aber sein Frauchen vermisst", wunderte sich Sigrid.

Aber Chico sauste an Maria vorbei, würdigte sie keines Blickes, stoppte kurz vor dem Kühlschrank und begann dort zu schnüffeln.

In diesem Moment kam auch Tante Mia zur Tür hinein.

Chico begann, kräftig mit seinen Vorderpfoten zu scharren.

„Guck ma, Wichtken, genau wie Max ..."

Sigrid schaute erstaunt zu dem Hund ihrer Freundin.

„Ich sach ja, da ist wat", meinte Mia.

„Tante Mia, du spinnst, was soll da sein? Wahrscheinlich entströmen dem Kühlschrank Gerüche, die die Hunde so reagieren lassen."

„Wenn du meinst", muffelte Tante Mia vor sich hin und verdrehte die Augen.

Der erste Kindergartentag kam und so allmählich

normalisierte sich der Alltag.

Justus war stolz, dass er jetzt zu den Vorschulkindern gehörte und auch die Zwillinge lebten sich überraschend schnell ein. Sie hatten ja auch den Vorteil, dass sie stets zu zweit waren.

So vergingen die Tage wie im Fluge und dann kam das Wochenende, das Hubertus und Sigrid alleine verbringen wollten.

3.Kapitel

„Bringt uns was Schönes mit!", brüllte Justus seinen Eltern hinterher.

„Mitbringen, mitbringen", plärrten die kleinen Brüder und winkten mit ihren Taschentüchern dem davonrollenden Wagen nach.

„Nun aber fix wieder ins Haus", scheuchte Tante Mia die Rasselbande vor sich her.

„Was haltet ihr davon, wenn wir Puddingsuppe kochen?"

„Jaaa!!!", war die einstimmige Antwort.

„Aber Nillje", forderte Oscar.

„Und mit Schokikrümeln", ergänzte Hugo sofort.

„Klar", antwortete Tante Mia. „Wir holen noch schnell den Max und dann legen wir los."

Max war mittlerweile ein ganzes Stück gewachsen und man konnte bereits jetzt erahnen, welch ein stattlicher Rüde er einmal werden würde.

Er liebte sein Frauchen über alles und die drei Kinder waren seine liebsten Spielgefährten. Von ihnen ließ er sich alles gefallen.

Selbst wenn Oscar und Hugo ihn als Kopfkissen benutzten, duldete er es, ohne mit der Wimper zu zucken.

Kaum waren sie im Haus, stürzte Max in die Küche, sauste zum Kühlschrank und begann dort erneut, wie ein Wilder zu graben. Natürlich ohne Ergebnis. Die robusten Fliesen nahmen es dem Hund nicht übel.

Tante Mia beobachtete ihren Hund.

„Die Zeit ist reif", überlegte sie laut. „Die Chance ist einmalig. Wer weiß, wann Hubertus und Sigrid wieder einmal auf Achse sind."

Ihre kleinen, fast schwarzen Augen blitzten vor Unternehmungslust.

Während sie eifrig den versprochenen Pudding rührte, ratterte es in ihrem Hirn ununterbrochen.

„So werde ich es machen", sagte sie vor sich hin.

„Was willste machen?", fragte Justus.

„Och, den Pudding in Suppenschälchen füllen, damit wir ihn gleich kosten können."

Das war eine Antwort, die den Kindern gefiel.

Oscar schleckte sein Schälchen sogar mit der kleinen roten Zunge aus. Da die Eltern ja nicht da waren, ließ Tante Mia es durchgehen. Außerdem war sie zu sehr mit ihren eigenen Gedanken beschäftigt.

Nach der Puddingschlacht nötigte sie die Kinder, die eigentlich viel lieber fernsehen wollten, zu einem langen Spaziergang. Irgendwie musste sie sie ja müde bekommen.

Zum wiederholten Mal rezitierte sie dabei das Gedicht vom Pöggsken, das der berühmte Dichter Augustin Wibbelt geschrieben hatte:

Pöggsken sitt in'n Sunnenschien,
O, wat is dat Pöggsken fien
Met de gröne Bücks!
Pöggsken denkt an nicks.
Kümp de witte Gausemann,
Hät so raude Stiewweln an,
Mäck en graut Gesnater,
Hu, wat fix
Springt dat Pöggsken met de Bücks,
Met de schöne gröne Bücks,
Met de Bücks in't Water!

Die Kinder konnten sich nicht satt daran hören, auch wenn sie das Plattdeutsch gar nicht verstanden. Aber die komischen Worte zusammen mit der einmaligen Mimik Tante Mias fanden sie zum Brüllen komisch.

Immer und immer wieder verlangten sie nach „Pöggsken".

„Ich will auch ne gröne Bücks!", krähte Hugo mit dem größten Vergnügen.

„Und dann kümp de Gausemann", trällerte Justus und Tante Mia und Oscar kicherten.

Dank des Gedichts merkten die Kinder gar nicht, wie weit sie schon gelaufen waren.

„Mein Plan geht auf", freute sich Mia, „gleich werde ich sie noch in die Wanne stecken und dann geht es ab in die Falle."

Gut gelaunt erreichten sie das alte Schulhaus, das in der Sonne glänzte.

Der Wilde Wein war in die Höhe geschossen und kaum mehr war das rote Mauerwerk zu erkennen.

Der strahlend blaue Himmel zeigte nicht eine Wolke.

„Wat haben die Kinners doch für ein Glück mit dem Wetter", dachte Mia und schloss die alte Eichentür auf.

Die Kinder stürmten direkt nach oben.

Etwas langsamer folgte Mia ihnen und ließ auch sofort das Badewasser ein.

„Alle zusammen oder lieber einzeln?", fragte sie die Jungs.

Justus kletterte alleine in das warme Wasser, spritzte seine kleinen Brüder auch gleich ein bisschen nass und Tante Mia hatte alle Hände voll zu tun, die Nackedeis zu bändigen.

Oscar erinnerte sich an das Pögskengedicht und krähte: „Ich bin jetzt Gausemann."

Zur Unterstützung seiner Worte versuchte er auch gleich, seinen Brüdern in die Beine zu beißen. Das Wasser in der

Badewanne schlug Wellen, es spritzte und schwappte - und schon bald stand das Badezimmer unter Wasser.

„Mama würde das niemals erlauben", quiekte Justus und schlug noch mal mit voller Wucht auf das warme Nass.

„Dabei war sie früher keinen Deut besser", kicherte Mia.

„Echt?", fragten die Jungs.

„Allerdings. Wenn ihr jetzt schnell herauskommt, dann erzähl ich euch noch ein bisschen aus der Zeit, als eure Mama noch ein kleines Kind war."

„Au ja!"

Einer nach dem anderen wurde aus dem Wasser gefischt, abgetrocknet, ein bisschen durchgekitzelt und 'bettfein' gemacht. Zur Feier des Tages durften alle zusammen im elterlichen Schlafzimmer übernachten. Mia würde sich später einfach dazulegen.

„Es wird wohl viel später werden", dachte sie, still vor sich hin grinsend.

Dann begann sie zu erzählen, was Sigrid alles so ausgefressen hatte.

Aber der lange Spaziergang zeigte Wirkung und einem nach dem anderen fielen die Augen zu. Bald war nur noch gleichmäßiges Atmen zu hören.

Nur Oscar murmelte noch etwas vor sich hin, was sich wie gröne Büx anhörte.

Langsam erhob Mia sich, verließ den Raum und schloss die Tür fest hinter sich.

Wieselflink sprang sie die Treppe hinunter und betrat die Küche.

Max bewachte wie erwartet den Kühlschrank oder eher die Fliesen davor.

„So mein Lieber. Jetzt werden wir der Sache doch mal auf den Grund gehen!"

Die alte Dame tätschelte dem Hund den Kopf und nahm ihre Schürze vom Haken. Pfeifend band sie sie sich um.

Den ganzen Nachmittag hatte sie gegrübelt, wie sie es schaffen sollte, die Fliesen aufzunehmen, und vor allem, wie es dann weitergehen sollte. Wer wusste schon, was unter den Fliesen war.

Hubertus hätte bestimmt die Kenntnis gehabt, aber den konnte sie ja schlecht fragen.

Als Erstes stieg sie in den Keller hinab, in dem der Herr des Hauses eine kleine Werkstatt eingerichtet hatte.

„Wofür so ein Doktor überhaupt Werkzeug braucht?", überlegte sie. „Aber egal, sonst sähe es ganz duster für mein Unternehmen aus."

Im Schein einer schwachen Funzel (da hat er mal wieder an der falschen Stelle gespart) fand sie nach einigem Suchen, das, was sie meinte, zu brauchen.

Eine Spitzhacke.

Wie sie die kaputten Fliesen erklären sollte nach Heimkehr der Kurzurlauber, dazu war ihr bis jetzt auch noch keine Erklärung eingefallen.

Äußerst beschwingt schleppte sie das Werkzeug in die Küche, schob energisch den Hund zur Seite, befahl ihm, ihr jetzt besser nicht in die Quere zu kommen und begann, mit der Hacke den Boden zu bearbeiten.

Die Geräusche, die dabei entstanden, waren so laut, dass sie erschrocken innehielt und nach oben lauschte.

Aber die Kinder schliefen weiter.

„Gott sei Dank."

Unter Aufbringung aller Kräfte hackte die alte Dame weiter auf die Fliesen ein. Es zeigte sich eine erste Wirkung. Lange Sprünge waren zu sehen und plötzlich sprang eine Kachel ab.

„Ja", rief Mia freudig und versuchte, die nächste Fliese mit einem Küchenmesser abzuhebeln.

Nach einer Weile war sie nass geschwitzt, aber drei Platten hatte sie erfolgreich gelöst.

Darunter kam altes Holz zum Vorschein.

Max lief zu seinem Frauchen, schnupperte und schnüffelte wie von Sinnen und begann mit einem herzzerreißenden Jaulen.

„Kehr Hund, geh' mal an die Seite!"

Energisch schob Mia das Tier weg.

Sie starrte auf die Holzplanken und überlegte, wie sie denn bloß weiter vorgehen sollte.

Erneut ging sie in den Keller, um weiteres Werkzeug zu suchen. Mit einer stattlichen Sammlung keuchte sie zurück in die Küche und breitete ihre Fundstücke vor sich aus.

Mit einem Trockentuch wischte sie sich die Schweißperlen aus dem Gesicht. Es dämmerte ihr, dass es nicht einfach werden würde, aber dass sie unbedingt weitermachen müsste, denn ansonsten könnte sie die kaputten Fliesen niemals erklären.

„Mia, Mia", schalt sie sich selbst laut, „da haste dir was eingebrockt."

Entschloss griff sie zu einem Vorschlaghammer und versuchte ziemlich verzweifelt, mit ihm auf das alte Holz einzuschlagen.

„Hoffentlich ist es morsch", murmelte sie vor sich hin, „schließlich liegt es hier vermutlich schon seit hundert Jahren."

Es knarzte heftig im Gebälk und bei einem weiteren Schlag zerbarst das Holz. Schmale Holzstücke ragten in die Luft.

„Der Anfang ist gemacht", triumphierte Mia und holte zu erneuten Schlägen aus. Immer mehr brach das Holz. Nach einigen weiteren Anstrengungen schien es so weit gebrochen zu sein, dass Mia den großen Hammer zu Seite legte, sich niederkniete und versuchte, das Holz mit den Händen zu lösen.

„Aua", schrie sie, als sich ein dicker Splitter in die Hand bohrte.

Nur nicht aufgeben!

Sie zog und rüttelte und plötzlich hielt sie eine recht große Planke in der Hand. Zwei weitere Fliesen hatten sich mit gelöst.

Fassungslos starrte Mia auf die Stelle.

„Nee, das gibt's nicht!"

Kreidebleich ließ sie sich auf den Fußboden fallen.

„Oh Gott, oh Gott, oh Gott!"

„Was hab ich getan?"

Mit Mühen hielt sie Max am Halsband fest, der sich sofort auf das Loch, beziehungsweise auf dessen Inhalt, stürze wollte.

„Max!", rief sie streng, „geh' weg, das ist kein Suppenknochen!"

„Ich muss was machen."

Noch einmal guckte sie, nein, sie träumte nicht.

„Ich muss die Polizei rufen", dachte sie und schlich langsam zum Telefon.

Mit zittrigen Fingern wählte sie die Nummer.

„Polizeipräsidium Münster."

„N'abend. Hier spricht Mia Schulte. Ich, ich habe in unserer Küche ein Skelett gefunden. Es liegt unter dem Kühlschrank und es grinst mich an."

Kommissar Piepenbrock, seit mehr als 40 Jahren im Polizeidienst, hatte schon viel erlebt, aber ein Skelett unter einem Kühlschrank, das grinst?

Vorsichtig begann er, die Anruferin auszuhorchen, fest entschlossen zu erfahren, ob die Frau alleine war, ob sie Alkohol oder gar Drogen konsumiert hatte. Dann würde er sofort einen Notarzt zu ihr schicken.

„Hören Sie mal", schrie Mia nun in den Apparat, „ich spinne doch nicht!"„Mein Hund hat immer an der Stelle gegraben und so habe ich mich heute endlich entschieden, einmal nachzugucken. Es wollte mir doch keiner glauben."

„Kein Wunder", dachte Piepenbrock und sagte laut: „Gute Frau, wo sind sie?"

Mia nannte die Adresse.

„Ich werde Ihnen einen Wagen schicken."

„Na Gott sei Dank", schnaufte Mia und lehnte sich entspannt zurück.

„Sachen gibt's, die gibt es gar nicht", sinnierte Piepenbrock vor sich hin und wählte die Nummer der Feuerwehr.

„Piepenbrock hier, Kommissariat Münster. Leute, ich brauch nen Krankenwagen."

Er erklärte die Situation. Nachdem er mit dem Telefonisten der Leitstelle herzhaft gelacht hatte über das 'grinsende Skelett', verabschiedete er sich.

Mit Blaulicht fuhr am Friesenring der Notarzt los. Ein Krankenwagen folgte sogleich.

Halluzinationen war die vorläufige Diagnose, die der Notarzt an Bord hatte. Ältere Dame.

„Das kann ja heiter werden", sagte Dr. Meyerhoff zu seinem Fahrer, der auch die ganze Zeit vor sich hin grinste.

Mia hatte sich derweil etwas gesammelt. Als Erstes hatte sie Max aus der Küche gesperrt, der gar nicht mehr zu beruhigen war. Dann war sie nach oben gegangen, um zu schauen, ob bei den Kindern alles in Ordnung war. Die schliefen tief und fest.

„Gott sei Dank. Das hätte mir jetzt noch gefehlt."

„Wie soll ich das nur alles Hubertus und Sigrid erklären?"

Fragen über Fragen gingen der alten Dame durch den Kopf, als es endlich an der Tür klingelte.

34

Erleichtert riss Mia sie auf.

„Was wollen Sie denn?"", fragte sie den Notarzt entgeistert.

„Darf ich erst einmal reinkommen?"

„Meinetwegen, aber für den oder die Tote kommen Sie mächtig zu spät!"

„Ich möchte ja auch Ihnen helfen", sagte Dr. Meyerhoff und zückte eine Spritze.

„'Ne Spritze braucht der auch nicht mehr", erläuterte Mia und öffnete die Küchentür.

„Gucken Sie doch selbst."

Meyerhoff fiel die Spritze aus der Hand. Er rang nach Luft.

„Michi", schrie er, „ruf' mal sofort Piepenbrock an, ich glaub das jetzt nicht!"

„Hab' ich auch nicht!", unterstütze Mia den Arzt.

Mittlerweile standen sie zu fünft, nämlich Arzt und Fahrer, die beiden Rettungsassistenten und natürlich Mia um das Skelett herum, von dem man nach wie vor nur den Schädel richtig erkennen konnte.

Der Fahrer wählte die Nummer der Polizei und stammelte: „Piepenbrock, ihr müsst kommen. Nix Halluzination. Hier liegt wirklich einer."

4.Kapitel

Heinrich Piepenbrock war seit 25 Jahren leitender Kommissar in Münster und hatte sein Büro auf dem Polizeipräsidium am Friesenring. In dieser langen Zeit hatte er schon so Einiges erlebt. Er war ein gradliniger Mann, bei seinen Kollegen sehr beliebt und verbrachte seine knappe Freizeit gerne im heimischen Fußballstadion.

Seit sein Kollege vor einem halben Jahr in den wohlverdienten Ruhestand gegangen war, stand ihm eine sehr junge und sehr hübsche Kommissarsanwärterin zur Seite. Piepenbrock genoss es, seine Schutzbefohlene in die hohen Künste der Polizeiarbeit, wie er es gerne nannte, einzuweisen.

Aus diesem Grund griff er auch sofort zum Telefon, um Sybille Hegemann zu informieren. Sie würde sicherlich nicht begeistert sein, an einem Freitagabend eine Sonderschicht zu schieben. Aber Piepenbrock fand, dass sich die ganze Geschichte so abenteuerlich anhörte, dass die junge Mitarbeiterin sie auf gar keinen Fall verpassen sollte.

„Bille, hier ist Piepenbrock."

„Hallo."

„Hör zu, wir haben eine ganz merkwürdige Sache. Da müssen wir jetzt mal hinfahren. Feuerwehr und Notarzt sind auch schon vor Ort."

„Was ist passiert?"

„Das erkläre ich dir, wenn wir da sind." Eilig nannte der Kommissar die Adresse, und seine Mitarbeiterin versprach, seufzend zwar, dass sie direkt losfahren würde.

Piepenbrock hätte ihr am Telefon auch gar nicht berichten können, was eigentlich passiert war. Er war selbst noch immer irritiert.

Nach fünfzehn Minuten Fahrzeit traf er in dem Vorort ein. Sein Navigationsgerät lotste ihn auf dem kürzesten Weg zum alten Schulhaus.

Dort wurde er schon erwartet.

Aufgeregt stand Tante Mia in der offenen Haustür, strahlte ihn schon vom Weiten an und rief: „Huhu! Hier müssen Sie rein!"

Dr. Meyerhoff und Kollegen waren nicht zu sehen, nur der Krankenwagen parkte direkt gegenüber der Tür.

„Sie müssen der Kommissar sein", begrüßte Mia den Mann aufgeregt. „Ich bin Mia Schulte. Das Kindermädchen, ach was sag' ich, mehr das Mädchen für alles. Ich habe das Skelett gefunden!"

„Guten Abend, Frau Schulte."

Die beiden betraten das Haus und Mia führte den Beamten zielstrebig in die Küche, in der Notarzt, Fahrer und Rettungsassistenten inzwischen am Esstisch saßen. Den Imbiss, den Mia ihnen angeboten hatte, hatten sie dankend abgelehnt.

Da sie hier eigentlich nichts zu tun hatten, wollten sie nur so schnell wie möglich hier verschwinden. Aber sie hatten sich nicht getraut, die aufgeregte alte Dame allein zu lassen. Außerdem waren da ja auch noch die schlafenden Kinder.

Stolz zerrte sie Mia Piepenbrock zum Kühlschrank und zeigte erneut auf ihren Fund.

„Sehen Sie? Da liegt es, das Skelett."

Piepenbrock konnte den kahlen Totenschädel gut erkennen, der da neben dem Kühlschrank aus dem Boden 'guckte'.

„So", sagte Mia. „Jetzt haben Sie es gesehen. Nu' lassen Sie mal fix alle Leute kommen, so, wie im Fernsehen. Dann können Sie es mitnehmen und benachrichtigen dann bitte einen Fliesenleger oder irgendeinen anderen Handwerker. Wissen Sie, der Hubertus, der muss das nicht unbedingt mitkriegen, dass ich hier so ein kleines bisschen gebuddelt habe. Die Fliesen waren nämlich teuer, also das sagt er immer."

„Langsam, langsam."

Piepenbrock hob beschwichtigend die Hände.

„Gute Frau, zuerst einmal berichten Sie mir alles der Reihe nach. Dann wird sicherlich die Spurensicherung bald eintreffen. Alles in allem wird es Tage dauern, bis wir den Urzustand wieder herstellen können. Es ist ein Fundort. Und hier kann alles von Bedeutung sein."

„Oh Gott", stöhnte Mia und wurde ganz blass um die Nase, „soll das heißen, Hubertus und Sigrid werden ihre hochheilige Küche in diesem Zustand sehen?"

„Nein", antwortete Piepenbrock trocken. „Wir werden den Boden sicherlich noch weiter aufreißen müssen. Wie zum Teufel haben Sie das eigentlich geschafft?"

Zweifelnd sah er die alte Frau an.

„Ich glaube, mir wird schlecht."

Ächzend ließ Mia sich auf den nächstbesten Stuhl fallen. Das Skelett hatte ihr nichts ausgemacht, sie hatte doch mit viel Schlimmerem gerechnet, aber dass Hubertus und Sigrid ... oh, das würde sie nicht überleben.

„Wer sind eigentlich Hubertus und Sigrid", bohrte in diesem Augenblick Piepenbrock.

„Und wo bleibt meine Mitarbeiterin?"

„Ich bin schon da."

Sybille Hegemann sprang die drei Stufen, die ins Haus führten, hoch. Wie immer steckten ihre Füße in flachen Turnschuhen. Dazu trug sie eine enge Jeans, ein knallrotes Shirt und eine grobe Strickjacke. Ihre blonden Haare hatte sie zu einem Pferdeschwanz hochgebunden und ihre blauen Augen strahlten auf, als sie die Küche betrat.

Die Rettungssanitäter, die gerade aufbrechen wollten, begrüßten Piepenbrocks Mitarbeiterin freudestrahlend.

Sie tauschten ein paar belanglose Worte aus. Sybille

Hegemann stapfte quer durch die Küche, Tante Mia ignorierend, und entdeckte das Skelett.

„Huch", entfuhr es ihr, „das liegt aber auch nicht erst seit gestern hier."

„Nee", antwortete Piepenbrock knurrig, „deshalb wird es ja auch Zeit, dass es wegkommt."

Mit einer ausholenden Handbewegung stellte er Mia und Sybille einander vor und erklärte Sybille mit kurzen knappen Worten, wieso Mia auf das Skelett gestoßen war.

Unterbrochen wurde er immer wieder durch ein leises Gejammere von Mia.

„Was hat sie denn, ist sie so geschockt?", flüsterte Sybille.

„Nee, geschockt von ihrem Fund ist die ganz sicher nicht. Aber geschockt, dass die Küche nicht innerhalb der nächsten Stunden wieder repariert ist. So ganz habe ich es auch noch nicht verstanden. Irgendein Hubertus wird ihr wohl die Hölle heißmachen, sagt sie."

Piepenbrock lächelte ein wenig schief.

„Frau Schulte, Frau Hegemann wird jetzt in Ruhe mit Ihnen reden. Ihr können Sie alles erzählen."

„Wie, ist das nun ein Verhör?"

„Nein, nein", versuchte Sybille zu beruhigen.

„Ich weiß, Sie tun nur Ihre Pflicht." Jahrelange Krimierfahrung machte sich doch bezahlt.

Tante Mia erhob sich würdevoll, strich ihren Rock glatt: „Dann folgen Sie mir mal, Frau Kommissarin. Ich führe Sie mal ins Arbeitszimmer des Hausherrn. Dort haben wir unsere Ruhe."

Ein etwas vorwurfsvoller Blick streifte Piepenbrock, bevor sie majestätisch den Raum verließ.

„Ich ruf' dann mal die Spurensicherung und vielleicht unsere Pathologin an", rief er den beiden Frauen hinterher.

5.Kapitel

In Hubertus Arbeitszimmer hatten sich Mia und Sybille hingesetzt.

Während Sybille neugierig die Bücher in den Regalwänden musterte, fragte sie: „Ist Ihr Schwiegersohn Mediziner?"

„Er ist nicht mein Schwiegersohn", erklärte Mia. „Er ist der Mann meines Kindes, äh, also von dem Kind, auf das ich früher aufgepasst und das ich erzogen habe. Sie ist natürlich mittlerweile erwachsen. Sie hat ja schon eigene Kinder."

„Die schlafen im Übrigen eine Etage höher", fügte sie nach einer kurzen Pause hinzu.

Sybille wurde aus den wirren Erzählungen nicht klug.

Sie zückte ihren Notizblock und begann konkrete Fragen zu stellen.

Mia gab sich allergrößte Mühe, alle so gut, wie sie konnte, zu beantworten. Aber es überkam sie immer wieder. Die Vorstellung, dass Hubertus und Sigrid die schöne neue Küche so vorfinden würden, raubten ihr die letzten Nerven.

„Frollein, und Sie meinen wirklich, dass wir die Küche bis morgen nicht wieder fertig kriegen?"

Sybille schüttelte den Kopf und versuchte, die alte Frau ein wenig aufzumuntern.

„Die beiden werden bestimmt froh sein, dass Sie das Skelett gefunden haben. Wer lebt schon gerne mit so einem Gerippe im Haus zusammen?"

„Nee", antwortete Mia bekümmert, „sie werden sauer sein, dass ich die Fliesen aufgerissen habe, die waren doch so tcuer."

„Ich bin mir sicher, Frau Schulte, jeder wird Ihnen dankbar sein. Sie haben viel Einsatz gezeigt."

„Ganz ehrlich?", flüsterte Mia. „Ich hab doch gar nicht damit gerechnet, dass da irgendwas ist. Ich war bloß neugierig, warum die Hunde da immer graben wollten. Und so richtig überlegt habe ich auch nicht. Hätte mir besser vorher überlegt, wie ich die Fliesen wieder heile bekomme ... obwohl, über die kleine Stelle, die ich kaputtgemacht habe, da hätte ich den Kühlschrank drüberschieben können. Aber Sie, Sie müssen ja nun alles kaputtmachen."

„Das lässt sich nicht verhindern. Aber wir werden es dem Hausherren schon erklären. Versprochen!"

Zweifelnd schaute Mia die Beamtin an.

„Wenn dat man gut geht."

Insgeheim fürchtete sie, ausziehen zu müssen. Hubertus war manchmal schon komisch. Mit Sigrid hätte sie es sicher klären können.

Heinrich Piepenbrock hatte die Spurensicherung und die Pathologie benachrichtigt.

Den Herren der Spusi hatte er aufgetragen, schweres Gerät mitzubringen, da der Boden weiter geöffnet werden musste. Es war ihm noch immer ein Rätsel, wie die wirklich sehr alte Dame das überhaupt geschafft hatte.

In der Pathologie hatte er nur Frau Dr. Kückmann erreicht. Nicht gerade seine beste Freundin, aber eine Meisterin ihres Faches. Sie war nicht begeistert gewesen, an einem Freitagabend noch loszumüssen. „Hat das nicht bis Montag Zeit?", knurrte sie ins Handy.

„Ich glaube nicht", gab Piepenbrock zurück, „es sei denn, wir sammeln die Knochen ein und bringen sie ins Institut."

„Unterstehen Sie sich. Wie ich Sie kenne, schmeißen Sie mir noch alles durcheinander. Ich mache mich auf den Weg."

Wie erwartet, traf die Spurensicherung lange vor der Ärztin ein.

Nachdem sie die Fundstelle in Augenschein genommen hatten, packten sie diverse Werkzeuge aus und in kurzer Zeit hatten sie den Küchenboden weiter aufgerissen. Zum Vorschein kam ein komplettes, sehr weißes Skelett, dem man die knöchernen Hände wie zum Gebet gefaltet hatte. Der Kopf war ein kleines bisschen zur Seite gedreht und verfügte über ein komplettes Gebiss, sodass der Eindruck entstand, es würde lächeln oder grinsen, wie Mia es empfunden hatte.

„So Chef, da haben Sie Ihr Gerippe. Wann kommt denn unsere Frau Doktor?"

„Sie ist schon da", ertönte es grimmig aus dem Flur.

„Ich habe gar nicht gehört, dass Sie geklingelt haben."

„Hab' ich auch nicht. Die Tür stand weit offen."

Neugierig stiefelte auch sie quer durch den Raum und blieb vor dem Loch im Boden stehen.

„Hmm, was ist das?"

„Na, wonach sieht es aus?", fragte der Leiter der Spurensicherung.

„Idiot", keifte sie zurück.

„Ich meinte wohl eher, wie kommt es an einem Freitagabend zum Vorschein?"

„Das ist eine etwas kuriose Geschichte", erklärte Piepenbrock.

„Na dann", murmelte die Pathologin und wies sehr bestimmt die Leute der Spurensicherung ein.

„Das Knochengerüst scheint ja vollkommen erhalten zu sein. Habt ihr Fotos gemacht? Dann können wir mit der Bergung beginnen. Seid bloß vorsichtig. Ich habe keine Lust auf stundenlanges Puzzeln. Am besten nummerieren wir Knochen für Knochen, und zwar nach folgendem System."

Lang und breit erklärte sie den Männern, wie sie es sich vorstellte.

Gewissenhaft begaben sie sich an die Arbeit.

Die Küche der Schulte Althoffs glich einem Schlachtfeld.

Nicht nur, dass der große Kühlschrank an die Seite geschoben worden war, auch der hintere Teil des Fußbodens war komplett aufgerissen. Dabei waren die Männer nicht besonders vorsichtig gewesen und ein großer Teil der Bodenfliesen war beschädigt. Außerdem waren die Küchenmöbel von einer feinen Staubschicht überzogen. Der Dreck hatte auch nicht vor Tisch und Stühlen haltgemacht.

Tante Mia glaubte, es träfe sie der Schlag, als sie den Raum betrat.

Sybille Hegemann hatte alles notiert, was ihr für anfängliche Ermittlungen wichtig erschien. Viel war es nicht.

„Das kann nicht wahr sein", stöhnt Mia, als sie die Bescherung sah.

„Hätten Sie denn nicht ein bisschen vorsichtiger sein können?"

„Gute Frau. Sie haben den Boden aufgerissen. Wir haben nur noch ein wenig nachgeholfen. Möchten Sie die Familie benachrichtigen oder soll ich?"

Fragend blickte Piepenbrock auf Tante Mia.

„Das machen Sie men", antwortete Mia kleinlaut und wurde schon wieder ganz blass.

In diesem Moment hörten sie ein Tapsen auf der Treppe.

„Die Kinder", hauchte Mia und sprang wie ein junges Mädel zur Tür.

Zu spät.

Justus stand schon mitten im Raum, riss ungläubig die Augen auf und sagte: „Was ist denn hier los?"

„Nichts, nichts!", stotterte Mia und versuchte das Kind aus der Küche zu schieben.

„Wie nichts?"

Justus schüttelte die Kinderfrau ab und guckte neugierig auf das Loch im Fußboden.

„Ein Gerippe!!! Cool!"

„Wir müssen die anderen wecken."

Schon wollte er losrennen, doch Piepenbrock erwischte den Jungen am Schlafanzugsärmel: „Halt junger Mann. Sind deine Brüder nicht noch jünger als du?"

„Ja, warum?"

„Weil ich glaube, dass das hier noch nichts für kleine Kinder ist."

„Wir sind doch nicht mehr klein", empörte sich Justus, „und überhaupt, es ist unsere Küche und somit auch unser Skelett!"

Triumphierend schaute er den Kommissar an.

Sybille Hegemann musste sich ein Lachen verkneifen. Der Junge guckte sehr angriffslustig.

„Warten wir es ab, was eure Eltern dazu sagen", schlug Piepenbrock versöhnlich vor.

„Wissen die es schon?", grinste Justus und schaute zu Mia.

„Äh, nein, aber ich wollte sie gerade anrufen."

„Die werden begeistert sein", vermutete er. „Ein Haus mit einem Skelett. Ist das abgefahren."

Ein wohliger Schauer lief ihm den Rücken runter.

„Tante Mi, wieso ist es eigentlich hier?"

„Das weiß ich doch nicht."

„Ich meine auch, wieso hast du es entdeckt?"

„Das erklär' ich dir später. Jetzt rufe ich erst einmal deine Eltern an."

Entschlossen suchte sie das Telefon und wählte Sigrids Handynummer.

„Tante Mia? Ist etwas passiert?"

„Nein, also den Kindern geht es gut."

„Und dir?"

„Mir auch."

„Und warum rufst du an?"

„Ja, also", räusperte sich die Frau, „also um ehrlich zu sein ..."

„Tante Mia, jetzt sprich!"

„Also mein Kind, der Küche, der geht es nicht so gut."

„Wie meinst du das?"

Mia nahm ihr Herz in beide Hände und begann zu erzählen. Wie es so ihre Art war, kam sie dabei von Höcksken auf's Stöcksken. Gerade erzählte sie vom Pögsken mit de gröne Büchs, als Sigrid etwas ungeduldig wurde.

Ziemlich ungehalten unterbrach sie den Redefluss und fragte harsch: „Tante Mia. Was ist los?"

„Also, am besten kommt ihr nach Hause. Dann könnt ihr euch die Bescherung selbst angucken. Ich kann aber nichts dafür, dass es jetzt hier so aussieht. Daran ist der Kommissar schuld."

Sigrid wurde aus dem Bericht nicht schlau.

Sie scheuchte ihren Ehemann aus dem Bett.

„Wir müssen sofort nach Hause!"

„Den Kindern geht es angeblich gut, aber Tante Mia scheint den Verstand verloren zu haben. Sie erzählt irgendetwas von einem Skelett, einer kaputten Küche und einem Kommissar, der unser Haus besetzt hat."

„Ich habe es doch geahnt", unkte Hubertus und begann hastig, sich anzuziehen. „Das konnte nicht gut gehen. Sie ist einfach zu alt."

„Sie ist nicht alt", verteidigte Sigrid ihre Kinderfrau. „Vielleicht ist sie ein bisschen tüdelig, aber sonst nichts."

Angriffslustig guckte sie ihren Mann an.

„Ist gut", seufzte der, „lass uns lieber schnell losfahren."

Nach guten zwanzig Minuten befanden sie sich auf der Autobahn, Richtung Münster. Zum Glück herrschte wenig Verkehr, sodass sie zügig vorankamen.

In der alten Schule war das Skelett erfolgreich verpackt worden und die Spurensicherung versuchte, Indizien im geöffneten Boden zu finden.

Tante Mia hatte einen starken Kaffee gekocht, um sich selbst, aber auch alle anderen zu beruhigen.

Piepenbrock schickte seine Mitarbeiterin in den wohlverdienten Feierabend: „Bille, geh' mal nach Haus. Hier gibt es heute nichts mehr zu tun. Ich selbst werde noch auf das Ehepaar Schulte Althoff warten."

„Ist okay Chef. Wir sehen uns dann am Montag?"

„Nee, morgen früh. Vielleicht hat die Doktorsche dann schon was rausgefunden. Die war doch ganz gallig."

„Wenn es hier nichts mehr zu tun gibt", warf Mia zaghaft ein, „können wir dann nicht doch schnell das Loch zumachen?"

Als sie Piepenbrocks Blick sah, verstummte sie.

„Ich hab' doch nur gemeint."

„Wir warten jetzt hier schön zusammen. Die Spusi ist auch gleich fertig."

Tante Mia holte tief Luft und ergab sich ihrem Schicksal.

6.Kapitel

Sprachlos standen Hubertus und Sigrid in ihrer Küche.

Auf dem Rückweg hatten sie sich alles Mögliche ausgemalt, aber das, was sie jetzt hier sahen, übertraf ihre Vorstellungskraft.

„Was ist hier los?", donnerte Hubertus.

„Also", begann Mia zögernd zu erzählen, „ihr erinnert euch doch?" „Der Max, also mein Max, der hat doch hier immer graben wollen."

„Na und?", schnauzte Hubertus.

„Ja, da hab' ich einmal nachgucken wollen, warum das so ist! Der Hund von Sigrids Freundin hat dort auch immer buddeln wollen!"

„Wie, du wolltest nachgucken?", fragte Sigrid fassungslos.

„Naja, als die Kinder im Bett waren, habe ich mich an die Arbeit gemacht. Aber - ich, ich habe nur drei Fliesen kaputtgemacht, da hätte man einfach den Kühlschrank drüberschieben können. Aber der da, der hat dann hier rumgewütet."

Böse zeigte sie auf Kommissar Piepenbrock.

Der erhob sich von seinem Stuhl, stellte sich vor und begann auch gleich mit den Erklärungen.

Er berichtete, dass Mia durch ihre Aktion auf ein Skelett gestoßen war und ihn angerufen hatte. Ebenfalls erzählte er, dass auch er es erst nicht hatte glauben können, es aber der Wahrheit entsprochen hatte und unter dem Küchenboden in tieferen Schichten ein komplettes menschliches Gerippe gefunden worden war.

„Ihre Tante hatte allerdings nur den Kopf freigelegt. Den Rest hat unsere Spurensicherung erledigt."

„Seht ihr", grinste Mia, „eigentlich kann ich gar nichts dafür."

„Du bist doch von allen guten Geistern verlassen. Wie hast du das eigentlich geschafft?"

Hubertus kochte vor Wut.

Sigrid hatte sich derweilen etwas beruhigt und sagte: „Hubertus, aber stell dir vor, sie hätte es nicht getan, dann läge das Skelett jetzt noch immer dort. Unter unserem Kühlschrank."

Dankbar lächelte Mia Sigrid an.

„Das wäre mir doch egal", knurrte Hubertus, „das hätte niemanden gestört."

Ungläubig schaute Mia ihn an.

Sigrid schüttelte sich.

In diesem Moment öffnete sich die Küchentür: „Mama! Papa! Ist das nicht scharf? Wir haben einen eigenen Knochenmann."

Barfuß schlich Justus, seine beiden Brüder im Schlepptau, herein.

„Nochenmann, Nochenmann", echoten die beiden.

„Jungs, das hier ist nichts für euch. Ab nach oben."

Justus zog die Zwillinge aber schnell zu dem großen Loch.

„Wo ist es denn?"

„Wir haben es schon weggebracht", mischte Piepenbrock sich nun ein.

Justus schmollte, die beiden kleinen Jungs waren völlig enttäuscht. In den schönsten Farben hatte Justus ihnen ausgemalt, dass sie nun ein eigenes Skelett hätten.

Sigrid stand auf und versuchte, die Kinder wieder nach oben zu bringen, was ihr allerdings erst gelang, als sie zusicherte, ihnen eine Gespenstergeschichte zu erzählen.

„Aber so richtig gruselig", forderte Justus.

Mia hatte frischen Kaffee gebrüht und stellte eine große Tasse vor Hubertus.

„Trink erst mal einen kräftigen Schluck, mein Jung."

Mechanisch griff Hubertus nach der Tasse und schüttelte erneut seinen Kopf. Er konnte es immer noch nicht glauben.

„Irgendwann", wagte Mia einen weiteren Versuch, „wirst du mir dankbar sein." Zur Unterstützung ihrer Aussage nickte sie kräftig mit dem Kopf.

„Das wage ich zu bezweifeln", gab Hubertus zurück.

Piepenbrock räusperte sich.

„Also, Herr Schulte Althoff. Wir haben die Gebeine abtransportieren lassen. Ich hoffe, dass unsere Pathologin noch heute Nacht anfängt zu arbeiten. Morgen werden wir noch einmal hier auftauchen. Die Spurensicherung hat vielleicht noch einiges zu erledigen. Wenn alles gut geht, dann können Sie bereits in der nächsten Woche beginnen, die Küche wieder instand zu setzen."

„Wer kommt denn für die Kosten auf?"

„Das wird wohl an Ihnen hängen bleiben."

Mia hielt den Atem an.

Na prima. Jetzt würde Hubertus endgültig ausflippen.

Sie hatte es noch nicht zu Ende gedacht, da bollerte er auch schon los.

„Hubsi! Hubsi! Ich habe doch mein Erspartes. Das gebe ich euch gerne."

„Du sollst mich nicht Hubsi nennen! Nie wieder!"

„Schon gut, Hubertus:" Sehr akzentuiert betonte sie jeden einzelnen Buchstaben.

Kommissar Piepenbrock musste schmunzeln.

Hubertus verdrehte die Augen und wand sich erneut dem Beamten wieder zu.

„Dann sind Sie also jetzt hier fertig?"

„Ja, vorerst schon."

„Okay, dann wollen wir versuchen, alle etwas zur Ruhe zu kommen."

Hubertus fühlte sich plötzlich müde, sehr müde und sehr alt.

„Morgen sehen wir weiter. Tante Mia, du gehst am besten in deine Wohnung."

Die ist ja auch nicht in Mitleidenschaft gezogen, schob er in Gedanken nach.

Die Männer verabschiedeten sich per Handschlag.

Tante Mia schloss sich dem Kripobeamten an.

Vor der Haustür sagte sie: „Na Kommissarchen, noch fix 'nen Roten? So auf den Schreck? Also ich brauch jetzt einen."

Dankend lehnte Piepenbrock ab. Er wollte jetzt auch endlich nach Hause.

Im Haus schloss Hubertus energisch die Küchentür, als ob er die Geschehnisse des Abends ungeschehen machen könnte.

Seufzend ging er nach oben. Im Schlafzimmer hatte sich Sigrid zu ihren Söhnen gelegt. Alle vier atmeten gleichmäßig. Erschöpft zog Hubertus sich aus, legte sich dazu und fiel in einen unruhigen Schlaf. In seinen Träumen verfolgte ihn Tante Mia mit einem Vorschlaghammer in der Hand. Als er ihr den aus der Hand nehmen wollte, verwandelte sie sich in ein Geripppe. Und – sie grinste ihn an.

Frau Dr. Kückmann dachte noch lange nicht an Feierabend. Kaum war sie in ihrem Institut angekommen, hatte sie ihren Assistenten angerufen.

Bis der endlich eintraf, hatte sie bereits alles für eine DNA-Untersuchung bereit gemacht.

„Hey", grüßte Markus Koch seine Chefin sehr salopp.

„Wo", gab sie trocken zurück und hob die rechte Augenbraue. Das war eine Eigenschaft, die sie perfekt beherrschte und in den unterschiedlichsten Situationen anwandte.

50

„Was ist denn los?'", fragte Koch und entdeckte das Skelett auf dem Seziertisch.

„Och", sagte er enttäuscht, „gar kein Frischfleisch?"

„Nein, heute mal nicht. Aber ein weibliches Gerippe. Das sagt die DNA-Untersuchung eindeutig.

Gut erhalten ist sie, die Mathilde."

„Mathilde?"

„Ja irgendeinen Namen muss sie doch haben."

„Okay."

„Dann wollen wir mal loslegen."

„Das Skelett ist völlig intakt und sehr gut erhalten", diktierte die Pathologin. „Es gibt keinerlei Hinweise auf Anwendung äußerlicher Gewalt. Keine Knochenbrüche, noch irgendwelche Einwirkungen auf Schädel, Genick oder Sonstiges."

Die Ärztin stellte das Diktiergerät aus und sagte zu Markus: „Komisch ist allerdings, wie man Mathilde aufgefunden hat. Ihre knochigen Hände waren gefaltet. Sie wirkte ein bisschen, wie aufgebahrt. Außerdem finde ich die Gebeine weiß, sehr, sehr weiß. Das macht mich ein wenig stutzig. Es scheint, als ob sie keinen normalen Verwesungsprozess durchlaufen hat."

„Aha. Wo und wie hat man sie denn überhaupt gefunden?"

„Das ist eine Geschichte", kicherte Dr. Kückmann und fing sofort an, sie ihrem Mitarbeiter zu erzählen.

Markus Koch musste an einigen Stellen laut lachen, zu drollig kam die Schilderung seiner Vorgesetzten bei ihm an.

Aber nichtsdestotrotz musste es geklärt werden. Denn eins stand fest, ein Skelett, sorgfältig drapiert und abgelegt in einem trockenen Hohlraum zwischen rundgemauerten Gewölbedecken und einem hölzernen Fußboden ließ nur den Schluss zu, dass ein Gewaltverbrechen vertuscht werden sollte.

„Zuerst werden wir die DNA weiter untersuchen. Sie wird uns wichtige Rückschlüsse auf das Alter geben. Zudem möchte ich, dass wir uns die Knochen näher anschauen. Dieses unnatürliche Weiß..." So murmelte Kückmann vor sich hin.

Sie machten sich ans Werk.

Es war bereits Samstagmorgen, als sie müde aber zufrieden das Institut verließen.

Die erfahrene Pathologin hatte mal wieder bewiesen, dass sie den richtigen Riecher hatte.

Koch hatte relativ schnell herausgefunden, dass Mathilde zwischen zwanzig und dreißig Jahre alt gewesen sein musste.

„Ganz schön jung zum Sterben", teilte er seiner Chefin mit.

„Und ganz schön gruselig", gab sie zurück und zeigte, was sie herausgefunden hatte.

„Da wird Piepenbrock sich aber freuen."

„Vor allem wird viel Arbeit auf ihn zukommen. Man weiß ja gar nicht, wo man anfangen soll."

„Wir gehen jetzt nach Hause und schlafen eine Runde. Um zwölf Uhr heute Mittag werde ich einen Termin mit unserem Kommissar vereinbaren. Bin echt gespannt, was er sagen wird."

Mit diesen Worten trennten sie sich.

Frau Dr. Kückmann unterdrückte ein Gähnen und stieg in ihren kleinen Fiat, der sie wie immer zuverlässig nach Hause bringen sollte. Sie wohnte ein wenig außerhalb der Stadt kurz vor dem Ortsteil Wolbeck. Sehr zurückgezogen lebte sie auf einem Bauernkotten, den sie in Eigenregie wiederhergerichtet hatte. Gesellschaft leisteten ihr zwei große Hofhunde, in denen so ziemlich alle Hunderassen vereinigt waren, sowie ein dicker roter Kater. Den hatte sie sich angeschafft, damit er Haus und Hof von Mäusen freihalten sollte. Der Plan war allerdings nicht aufgegangen, Sir Archibald, wie sie ihn liebevoll getauft hatte, zog den heimischen Futternapf vor und rümpfte die Nase, wenn ihm so ein kleiner Nager zufällig vor die Tatzen lief.

Markus Koch schwang sich auf seine klapprige Leeze und fuhr wenige Kilometer bis zu seinem Heim. Er bewohnte eine große Altbauwohnung im angesagten Kreuzviertel. Hier war er bereits aufgewachsen und fühlte sich pudelwohl inmitten der Stadt, aber nahe an der Promenade, dem Grüngürtel, wo man sich wunderbar erholen konnte. Auf ihn warteten seine Frau Lena und die zweijährige Tochter Laura. Laura war nicht geplant gewesen, aber das Beste, was ihnen passieren konnte.

„Hoffentlich lässt unser Prinzesschen mich noch ein bisschen schlafen", überlegte Markus laut.

„Schließlich muss ich ja um zwölf Uhr wieder fit sein."

7.Kapitel

Wie bereits in den vergangenen Tagen schien schon am frühen Morgen die Sonne mit aller Kraft. Sie versprach, den Samstag zu einem guten Tag werden zu lassen.

Das alte Schulhaus stand ruhig und besonnen am Kirchplatz und nichts deutete von außen auf die nächtlichen Vorkommnisse.

Im Haus allerdings war von Ruhe nichts zu merken.

Hubertus und Sigrid hatten beide eine eher unruhige Nacht verbracht. Das lag allerdings nicht nur an dem makabren Fund, sondern auch an der Tatsache, dass ihr Ehebett nicht für fünf Menschen gemacht war.

„Abends gehen wir zu zweit ins Bett und wachen zu fünft wieder auf", pflegte Hubertus zu stöhnen.

Ausnahmsweise traf es an diesem Tag nicht zu. Denn die Kinder lagen schon im Bett, als die Eltern dazukamen.

Sigrid hatte ihnen noch vorgelesen und es nicht über das Herz gebracht, sie auf ihre Zimmer zu verteilen.

Hubertus stand bereits um sechs Uhr auf.

Gewohnheitsmäßig schlurfte er in die Küche, um den morgendlichen Kaffee aufzusetzen.

Kaum hatte er die Tür geöffnet, erschrak er und die Erinnerungen an den Freitagabend waren wieder da.

Der halbe Raum war mit rot-weißem Band abgesperrt, Möbel und der Teil des Bodens, der nicht aufgerissen war, waren von feinem Staub bedeckt. Theoretisch hätte er die Kaffeemaschine bedienen können, aber der freie Blick in das Loch hielt ihn davon ab.

„Da soll Tante Mia uns jetzt mal versorgen", brummte er grimmig, zog seinen Bademantel fester um sich und marschierte zielstrebig auf die Einliegerwohnung zu.

Bereits nach dem ersten Schellen öffnete Mia Schulte, komplett angezogen, die Haustür.

„Hubertus", strahlte sie, „bist du auch schon wach?"

„Allerdings."

„Dann komm' mal rein. Soll ich uns einen Kaffee kochen?"

„Deshalb bin ich hier. Bei uns ist das nicht möglich!"

„Jung' du hättest nur ein bisschen Staub wischen müssen ... aber egal, ich mach' fix einen."

Tante Mia traf ein vernichtender Blick, den sie gekonnt ignorierte.

„Möchtest du auch ein Bütterken dazu?", fragte sie sehr freundlich.

„Nee, erst mal nur einen Kaffee für Sigrid und mich ."

Schweigend warteten sie darauf, dass das Wasser anfing zu kochen. Tante Mia hielt nichts von neumodischen Kaffeezubereitern. Sie brühte den Kaffee stets frisch auf.

Insgeheim musste Hubertus zugeben, dass er auch besser schmeckte. Aber heute war ihm nach Zugeständnissen so gar nicht zumute.

„Maria", sagte er streng, „was hast du dir eigentlich dabei gedacht?"

„Jung', sach doch nicht Maria! So hat meine Mutter, Gott hab' sie selig, genannt, wenn ich was ausgefressen hatte. So wie damals, als ich die Schnürsenkel des Pastors heimlich unter dem Tisch zusammengeknotet hatte."

Bei dieser Erinnerung musste Tante Mia kichern.

„Dieses Mal ist es aber viel schlimmer!", erwiderte Hubertus. „Du hast unser Haus ruiniert."

„Nananana, so kann man das aber nicht sagen. Ich habe eher ein bisschen aufgeräumt. Oder hättest du es besser gefunden, deine Lebensmittel auf einem Skelett zu lagern?"

„Das hätte ich doch gar nicht gewusst!"

„Aber mein Max, der wusste das", trumpfte Mia auf.

Hubertus seufzte. Es war kein Reden mit der alten Dame.

„Weißt du denn, wie es nun weitergeht?" Tante Mias Augen funkelten unternehmungslustig. „Ich möchte zu gerne wissen, wer es ist und was damals geschah."

„Untersteh' dich! Du hast schon genug angerichtet. Der Kaffee ist fertig. Ich nehme zwei Tassen mit nach nebenan. Wie es weitergeht? Keine Ahnung. Ich hoffe nur für dich, dass wir unsere Küche bald, sehr bald, wieder nutzen können."

„Mach dir man keine Sorgen. Ich koch' für euch auch wohl hier."

Da Hubertus die beiden vollen Kaffeepötte in den Händen hielt, konnte er sich die Finger nicht in die Ohren stopfen.

Er wollte nichts mehr hören.

Auf schnellstem Wege verließ er die Wohnung.

„Die Jugend von heute, was Max? Nichts halten sie aus. Dabei – endlich passiert mal was. Gleich fahren wir zu Jupp auf den Friedhof. Der weiß ja noch nix."

Nebenan machte sich der morgendliche Wahnsinn breit.

Natürlich gab es für die Kinder nur ein Thema.

Justus konnte sich gar nicht beruhigen.

„Wir haben ein eigenes Skelett", trällerte er ununterbrochen vor sich hin. Hugo und Oscar fanden es herrlich gruselig. Alle drei Kinder waren furchtbar enttäuscht, dass das Geripe nicht wiederkommen würde.

„Das braucht doch keiner", trotzte Justus.

„Wir aber auch nicht!", wies Sigrid ihren Ältesten zurecht.

„Aber es wäre doch cool, wenn es unten im Flur stände", versuchte Justus einen letzten Vorstoß.

„Auch so ein Gerippe braucht eine würdige Beerdigung", beendete Hubertus die Diskussion.

Justus wusste mit seinen fünf Jahren sehr genau, wann es sinnlos war, mit seinen Eltern weiterzureden und hielt wohlweislich seinen Mund.

„Es gibt ja zum Glück noch Tante Mia", murmelte er vor sich hin.

Hubertus und Sigrid überlegten, wie sie das Leben ohne Küche gestalten sollten.

„Es wird uns nichts anderes übrig bleiben, als dass Tante Mia kocht und wir oben im Wohnzimmer essen. So lange kann es ja nicht dauern."

In diesem Moment ertönte die Hausschelle.

„Was will sie jetzt schon wieder?", regte Hubertus sich auf.

Doch nicht Tante Mia, sondern Piepenbrock und zwei Männer der Spurensicherung standen vor der Tür.

„ Guten Morgen, Herr Schulte Althoff."

„Von gut kann ja wohl keine Rede sein", muffelte Hubertus zurück.

„Es tut uns wirklich leid, aber wir müssen noch einmal alles ausgiebig auf Spuren untersuchen."

„Was wollen Sie denn da finden. Keiner weiß, wie lange das Gerippe dort gelegen hat."

Alles kann von Bedeutung sein. Über die Liegedauer kann uns hoffentlich Frau Dr. Kückmann später etwas sagen. Sie hat mir eine Nachricht geschickt, dass sie sich um zwölf Uhr mit mir treffen möchte und unglaubliche Neuigkeiten hätte."

„Was soll es denn da für Neuigkeiten geben. An so einem Skelett kann man doch nichts Großartiges feststellen, das Alter, das Geschlecht und vielleicht noch die Liegedauer. Aber sonst?"

Hubertus schüttelte den Kopf. Im weitesten Sinn war er ja ein Kollege der Pathologin.

„Es setzt selbst mich immer wieder in Erstaunen, was die KTU alles so rausfindet. Oder aber die Pathologie eben. Aber nun lassen Sie uns unsere Arbeit machen."

Ergeben rückte Hubertus zur Seite und die Männer betraten die ramponierte Küche.

Justus hatte oben gehört, dass Piepenbrock gekommen war. Er rannte die Treppe runter und begrüßte den Kommissar wie einen alten Freund.

„Wisst ihr schon was?", fragte er neugierig.

„Junger Mann, wir stehen ganz am Anfang unserer Ermittlungen."

„Also Tante Mia hat schon einige Ideen."

Eifrig nickte Justus mit dem Kopf. „Das hat sie mir gestern Abend schon erzählt."

„Bitte nicht!", sagten Piepenbrock und Hubertus im Duett.

Mia war inzwischen bereits von ihrer morgendlichen Hunderunde zurückgekehrt. Jedem, den sie unterwegs getroffen hatte, hatte sie unverblümt von ihrem Fund berichtet.

So hatte sich wie ein Lauffeuer die Nachricht 'es ist ein Skelett im alten Schulhaus gefunden worden' verbreitet.

Natürlich hatte Mia das Auffinden ordentlich ausgeschmückt, und so stieg sie, je weiter der Tratsch getragen wurde, immer mehr zur Dorfheldin auf.

Während die Spurensicherung noch immer nach eventuellen Fingerabdrücken, irgendwelchen Indizien oder sonst was suchte, verdichtete sich der Dorfklatsch immer mehr, bis letztendlich feststand, dass Mia Schulte unter Einsatz ihres Lebens die Leiche geborgen hatte.

Die todesmutige Heldin hatte derweil ihren Mercedes aus der Garage geholt, nötigte Max, der Autofahren hasste, einzusteigen. Mia hatte heute Morgen nicht den Mut gehabt, Sigrid oder gar Hubertus zu fragen, ob sie ihren Hund hüten würden. Sie traute sich ja einiges, aber sie wurde das Gefühl nicht los, dass sie mit der Frage den Bogen überspannen würde. Sie verstand es zwar nicht, verließ sich aber auf ihr Gefühl.

Endlich hatte Max sich bequemt, auf die Rückbank des Wagens zu springen.

„Dann aber los", erklärte Mia ihrem Hund, „nicht, dass du dir das noch mal anders überlegst."

Schwungvoll fuhr sie los und nach zwanzig Minuten hatte sie den Friedhof im Nachbarort, auf dem ihr seliger Jupp weilte, erreicht.

Mit Max an der Leine und einer Thermosflasche nebst Tasse in ihrer Tasche lief sie zielstrebig auf Jupps Grab zu.

Das wird wohl eine längere Sitzung. Da war sie sich sicher. Es gab ja so viel zu berichten.

An der Grabstätte angekommen, stellte sie die Tasche ab, befahl Max, sich hinzulegen und zupfte zuerst drei Unkrautpflänzchen heraus. Dann lehnte sie sich salopp an den Grabstein, goss sich einen Kaffee ein und fing an zu erzählen:

„Also Jupp. Jetzt sei man nicht böse. Aber deiner Mia ist da ein Ding passiert ..."

Nach einer Dreiviertelstunde hatte sie ihrem Mann alles gebeichtet. Sie hatte sich ganz schön was anhören dürfen. Aber letztendlich hatte Jupp ihr nichts mehr zu sagen. Sie konnte tun und lassen, was sie wollte. Aber irgendwie fühlte sie sich besser, wenn ihr verblichener Ehemann ihre Aktionen absegnete.

„Ich halt' dich auf dem Laufenden."

So verabschiedete sie sich und trat den Rückweg an.

Durch das Gespräch mit Jupp war ihr klar geworden, dass sie herausfinden musste, wer das Gerippe war. Sie, Mia Schulte, würde berühmt werden. Allerdings war ihr auch klar geworden, dass sie dieses Vorhaben besser für sich behalten sollte. Irgendwie schwante ihr, dass sie nicht überall auf Verständnis stoßen würde. Bei Justus vielleicht. Hugo und Oscar waren ja noch ein bisschen klein.

Piepenbrock freute sich, als einer seiner Männer aus einer Ritze des Fußbodens ein winziges Stück Gewebe gezogen hatte. Gewebe war eigentlich zu viel gesagt. Auch von Stofffetzen konnte nicht die Rede sein. Es waren vielmehr schwarze Stofffäden, die aussahen, als ob sie zu Staub würden, sobald man sie anfasste. Mit allergrößter Vorsicht beförderten sie sie mit einer Pinzette in die mitgebrachten Klarsichtbeutel.

„Chef, wir haben jetzt alles mehrfach untersucht. Mehr ist hier nicht."

„Okay. Gute Arbeit. Wir geben unseren Fund gleich in die KTU. Mal gucken, was die rausfinden. Jungs, ihr könnt jetzt nach Hause. Genießt euer Wochenende."

Erfreut packten die beiden ihre Sachen zusammen.

Piepenbrock rief Hubertus nach unten.

„Wir brechen hier jetzt ab. Bitte lassen Sie noch alles so, wie es jetzt ist. Spätestens am Montag werde ich mich bei Ihnen melden. Schönes Wochenende!"

„Das wird ja wohl nichts", knurrte Hubertus.

„Kopf hoch! Machen Sie das Beste raus."

Sichtlich beschwingt von der Tatsache, dass sie doch etwas gefunden hatten, machte sich Piepenbrock auf den Weg, um sich mit seiner Mitarbeiterin und der Pathologin zu treffen.

8.Kapitel

Heinrich Piepenbrock staunte nicht schlecht. Dass ihm Frau Dr. Kückmann und ihr Assistent Markus Koch sagen konnten, welches Geschlecht das Skelett hatte, das ungefähre Alter abschätzen und die Liegezeit eingrenzen konnten, damit hatte er gerechnet. Die Medizin und somit auch die Pathologie waren so weit entwickelt und außerdem war Frau Doktor wirklich fachlich spitzenmäßig. Das hatte sie auch diesmal wieder bewiesen.

„Fällt Ihnen was auf, Piepenbrock?"

„Nein, eigentlich nicht."

Dr. Kückmann räusperte sich und sagte: „Dann gucken Sie doch mal genau hin!"

Piepenbrock tat, wie ihm befohlen wurde. Aber er konnte nichts Auffälliges entdecken.

„Finden Sie nicht, dass die Gebeine ganz besonders weiß sind?", half Dr. Kückmann ihm auf die Sprünge.

„Nee, eigentlich nicht."

„Ha", freute sich die Pathologin. „Ich finde das schon. Ein Skelett, was einfach nur nach einer normalen Verwesung übrig ist, sieht anders aus. Die Knochen sind nicht so hell, sie glänzen nicht."

„Aha", antwortete Piepenbrock, der sich auf diese Aussage keinen Reim machen konnte.

„Was heißt das?", fragte er nun.

„Koch, erklären Sie unserem Kommissar, was wir, oder besser gesagt ich, entdeckt haben."

Der junge Assistent nahm aufgeregt einen Stapel Papiere vom Schreibtisch. Blätterte hektisch.

„Also, das Skelett ist nicht nach einer Verwesung übrig geblieben!"

„Das dachte ich mir schon. Sonst hätte Frau Doktor es nicht so spannend gemacht."

„Es ist vielmehr so, dass mit größter Wahrscheinlichkeit das Fleisch durch starke Salzsäure von den Knochen gelöst wurde."

„Was???", stieß Sybille Hegemann aus, die atemlos zur Besprechung gestoßen war.

„'Tschuldignung Chef. Irgendwie habe ich die Zeit verpasst."

Strafend guckte Markus Koch Piepenbrocks Mitarbeiterin an. Er liebte es gar nicht, unterbrochen zu werden und schon gar nicht an so einer spannenden Stelle.

„Erzählen Sie schon weiter!", forderte Sybille und schenkte ihm ihr schönstes Lächeln.

Koch holte tief Luft, schluckte und sprach dann weiter: „Als das Fleisch sozusagen von den Knochen fiel, hat man das Skelett mit großen Mengen Wasser übergossen, um die Molekulardichte zu verringern. Anschließend hat man es vermutlich getrocknet und sehr, sehr vorsichtig zum Liegeplatz transportiert. Oder aber man hat es vor Ort getan. Um ihm, oder besser ihr, die letzte Ehre zu erweisen, hat man ihr die Hände wie zum Gebet zusammengelegt.

Der Fundort ist sehr trocken und abgeschlossen, sodass es zu keinem weiteren Verwesungsprozess kam. Ob das allerdings Absicht des Täters war, keine Ahnung. Kann gut sein, dass es nur Zufall war."

„Das ist ja 'nen Ding", rutschte es Piepenbrock raus.

Sybille schauderte sich.

„Was schätzt ihr, wie lange das Skelett dort gelegen hat?"

„Ganz genau können wir es nicht sagen, aber wir schätzen eine Zeitdauer zwischen fünfzig bis sechzig Jahren."

„Vielleicht können wir da ansetzen", überlegte Piepenbrock.

„Küss die Hand, gnädige Frau", schmeichelte der Kommissar der Ärztin, „es ist wirklich erstaunlich, was Sie herausgefunden haben."

„Komm Sybille, wir fahren zum Friesenring. Ich glaube, wir müssen uns die ganze Sache in Ruhe durch den Kopf gehen lassen."

„Wir machen auch Schluss für heute", erwiderte Frau Dr. Kückmann, die sehr zufrieden mit sich und ihrer Arbeit war.

Mia hatte in der Zwischenzeit den Friedhof verlassen. Während sie ihrem Mann alles erzählt hatte, waren ihr neue Ideen in den Kopf gekommen. Froh, dass ihr keiner mehr in die Quere kommen konnte, machte sie sich auf den Heimweg.

Max hatte sich zwar erneut geweigert, in das Auto einzusteigen, aber diesmal hatte Mia allerdings kein Verständnis für den Hund. Resolut packte sie ihn im Nackenfell und beförderte ihn ohne Federlesen auf den Rücksitz.

Beleidigt rollte er sich dort zusammen.

„Schmoll' du man, ich hab's jetzt eilig", sagte Mia und gab kräftig Gas.

Nach kurzer Zeit erreichte sie die alte Schule. Sie parkte ihren Wagen ein, befreite Max, brachte ihn in ihre Wohnung.

Sie selbst machte sich noch einmal auf den Weg. Allerdings zu Fuß.

Pfeifend lief sie über den Kirchplatz, grüßte nach links und nach rechts, war aber zu keinem Schwätzchen bereit.

Nach fünf Minuten strammen Gehens, war sie am Ziel.

Sie stand vor dem Haus des Pfarrers. Ohne zu zögern, drückte sie den Klingelknopf und wenig später wurde ihr geöffnet.

„Guten Tag, Hochwürden. Ich heiße Mia Schulte und ich benötige seelischen Beistand. Sofort!"

Pastor Beckmann wusste, mit wem er es zu tun hat. Unlängst hatte er der Familie Schulte Althoff einen Besuch abgestattet. Tante Mia war zu der Zeit allerdings nicht zu Hause gewesen.

Herzlich hatte er die junge Familie willkommen geheißen und ihnen sehr deutlich gesagt, wie sehr er sich freut, dass das Schulhaus erhalten blieb.

„Frau Schulte. Wie schön, dass ich Sie persönlich kennenlerne. Wie kann ich Ihnen helfen?"

„Herr Pastor. Haben Sie denn nicht gehört, was in der alten Schule passiert ist?" „In Ihrer Schule!", fügte sie anklagend dazu.

„Doch, gute Frau, ich habe von dem Vorfall gehört. Doch kommen Sie erst einmal herein."

Das ließ Mia sich nicht zweimal sagen. Flink trat sie über die Schwelle.

„Hier lang?", fragte sie und steuerte zielstrebig auf Pastor Beckmanns Arbeitszimmer zu.

„Ja gerne."

Beckmann bat die alte Frau, Platz zu nehmen. Gerade als er fragen wollte, wie er helfen könnte, legte Mia auch schon los: „Herr Pastor. Wissen Sie eigentlich, wie geschockt ich bin? Es konnte doch niemand ahnen, dass unter unserem Kühlschrank ein Skelett liegt."

Theatralisch tupfte sie sich mit einem Taschentuch über die Augen. Sie atmete schwer.

„Frau Schulte, es tut mir so leid, dass Ihnen so etwas passiert ist."

„Das läuft ja wie geschmiert", murmelte Mia mehr in sich hinein.

„Wissen Sie, ich kann nicht mehr richtig schlafen. Immer wieder tauchen diese Bilder vor meinem geistigen Auge auf."

Beckmann warf ihr einen mitleidigen Blick zu.

„Das glaube ich Ihnen gerne. Aber was soll ich tun? Ich kann es nicht ungeschehen machen."

„Nee, das nicht, aber haben Sie nicht eine Ahnung, wer das Skelett sein könnte?" „ Es würde mir bestimmt besser gehen, wenn ich das wüsste", schob sie scheinheilig hinterher.

„Ich habe wirklich keine Ahnung und rätsle selbst schon die ganze Zeit. Das alte Schulhaus hat ja eine sehr bewegte Vergangenheit hinter sich. Es ist vor 120 Jahren erbaut worden und beherbergte in den ersten sechzig Jahren unsere kleine Dorfschule. Die Stadt hat eine neue, modernere gebaut und so zog sie mit Sack und Pack um."

„Was passierte dann mit unserem Haus?"

„Ach, zunächst zog eine Apotheke in die unteren Räumlichkeiten. Da der Rest leerstand, hat die Kirche zwei Wohnungen ausgebaut. Die eine wurde von den Ordensschwestern, die zu der Zeit noch hier lebten, bewohnt. Die andere, warten Sie mal, da muss ich erst mal nachdenken, ich glaube, in der wurden Bedürftige der Gemeinde untergebracht. Irgendwann ging der Apotheker in Rente. Er hatte keinen Nachfolger. Danach wurde wieder einmal umgebaut und es entstanden Jugendräume. Die Schwestern waren inzwischen auch so alt, dass sie vor Ort nicht mehr arbeiten konnten. Sie gingen zurück in ihr Mutterhaus. Irgendwann zog dann der Kindergarten ein und nach ihm stand das Haus recht lange leer, bis Familie Schulte Althoff es erwarb. Recht günstig übrigens."

„Dafür mussten die Kinners ja auch noch genug Geld reinstecken und Hubertus' ganzes Erbe ist dabei draufgegangen", stellte Mia sofort klar.

„Es kommen also eine ganz Reihe Leute infrage, die Zugang zu unserer Küche hatten", überlegte Mia.

„Wenn Sie mich fragen, ich kann mir nicht vorstellen, dass einer von denen, die ich Ihnen genannt habe, mit der Sache etwas zu tun hat."

„Wer weiß das schon?", sinnierte Mia.

„Aber das hilft Ihnen ja nun auch nicht, Ihren Schock zu überwinden", sagte Beckmann behutsam.

„Och, 'nen bisschen besser geht's mir jetzt schon. Nun kann ich drüber nachdenken, wem ich so etwas zutraue. Die Nonnen waren es ja gewiss nicht."

Mias Gedanken purzelten durcheinander. So viel Interessantes hatte sie erfahren.

„Gibt es eigentlich Aufzeichnungen über das Haus?", fragte sie.

„Natürlich. Alles ist genauestens in den alten Kirchenbüchern aufgeschrieben."

„Dürfte ich da mal einen Blick reinwerfen?", erkundigte sich Mia. „Nur so. Aus Neugier. Mich interessieren so olle Dinge immer."

„Gerne. Wir können einen Termin absprechen."

„Jo, das machen wir".

Mia wollte gerade gehen, als es erneut schellte.

Piepenbrock und Sybille Hegemann standen vor der Pfarrei.

„Was machen Sie denn hier?", fragte Piepenbrock erstaunt, als er Mia erblickte.

„Ach wissen Sie, Herr Kommissar, ich musste mal reden über all' die schrecklichen Dinge. Da hab' ich dem Pastor mal einen Besuch abgestattet. Er ist doch Seelsorger."

Mia lächelte den Beamten kokett an.

„Ja dann."

„Tschüsskes, Herr Pastor Beckmann. Bis bald."

Verschwörerisch kniff sie ihm ein Auge zu.

Der Pfarrer bat die beiden Polizisten hinein. Sybille Hegemann ging vor. Als Piepenbrock auf Augenhöhe mit Mia war, zischte sie: „Ich hab' das nicht vergessen, dass Sie die Küche ruiniert haben."

Piepenbrock musste grinsen. „Die Alte ist echt der Brüller."

Zufrieden spazierte Mia nach Hause.

Dort brühte sie sich einen starken Kaffee. Nebenbei kramte sie in der Schublade ihres Küchentisches.

„Da ist es ja", freute sie sich und zog ein altes Schulheft hervor.

In feinster Sütterlinschrift schrieb sie auf die erste Seite:

Bewohner des alten Schulhauses:

    Lehrer und Schüler
    Apotheker (und Angestellte?)
    Nonnen
    Kindergarten

„Die Nonnen kann ich bestimmt streichen", überlegte sie. „Aber der Rest könnte interessant sein.

Nächste Woche werde ich dem Pfaffen noch mal einen Besuch abstatten. Mal gucken, was ich über die Leute so rausfinden kann."

Sehr befriedigt lehnte sie sich auf ihrem Küchenstuhl zurück und genoss den heißen Kaffee.

9.Kapitel

Piepenbrock und Sybille hatten Pastor Beckmann fast die gleichen Fragen, die Mia auch hatte, gestellt.

Nur sie fragten im Rahmen ihrer Ermittlungen.

Pfarrer Beckmann war zutiefst schockiert, als er die näheren Umstände erfuhr.

„So jung?", fragte er immer und immer wieder. „Das muss doch aufgefallen sein, wenn so ein junger Mensch verschwindet."

„Das dachten wir auch. Aber es gibt keine ungelösten Vermisstenfälle aus der damaligen Zeit. Also keinen aus der Gegend hier. Natürlich kann es auch rein theoretisch sein, dass man die Tote von sehr weit hergebracht hat. Aber so wirklich vorstellen kann ich es mir nicht. Denn irgendwie muss der Täter ja die Möglichkeit gehabt haben, sie zu verstecken. Das Wahrscheinlichste ist, dass es in einer Umbauphase passiert ist. Wenn sozusagen gerade Baustelle herrschte. Da können wir vielleicht ansetzen. Herr Beckmann, gibt es Aufzeichnungen, wann, wie und von wem umgebaut wurde? Am interessantesten ist für uns die Zeit vor ungefähr fünfzig bis sechzig Jahren."

„Natürlich gibt es die. Es ist immer alles genauestens dokumentiert worden."

Beckmann erhob sich, ging zu einem Regal und zog nach einigem Suchen ein dickes altes in Leder gebundenes Kirchenbuch hervor.

Verschämt pustete er den Staub runter. „Es lag hier schon sehr lange", entschuldigte er sich.

„Kein Problem", sagte Sybille.

Aufgeregt schlug Piepenbrock die dünnen Pergamentseiten auf. Alle Einträge waren noch handschriftlich gemacht. Die ersten Jahre sogar durchgehend noch in Sütterlin.

„Bille, kannst du das überhaupt noch lesen?", grinste Piepenbrock seine Mitarbeiterin an.

Sie kniff die Augen zusammen, als ob sie kurzsichtig wäre und versuchte, die ersten Aufzeichnungen zu entziffern.

„Lass mal", lachte ihr Chef, „ich kann das noch recht gut lesen, denn ich hab' diese Schrift noch in der Schule gelernt."

Sybille schaute ihren Vorgesetzten erstaunt an.

„Ja, ich bin schon fast ein Fossil."

„Dürfen wir das Buch mitnehmen?"

„Wenn es dann der Wahrheitsfindung dient."

„Wir werden sehr sorgfältig damit umgehen. Sobald wir alles gesichtet haben, werden wir es zurückbringen."

Herzlich verabschiedeten sie sich voneinander.

Schweigend fuhren die Kriminalbeamten zurück zum Friesenring.

„Ich werde die Einträge 'übersetzen' und du schreibst sie in Hochdeutsch auf", schlug Piepenbrock vor.

„Dann haben wir einen Überblick, wer, wann dort verkehrte und vor allem, wann umgebaut wurde."

„Da haben wir etwas vor uns", seufzte Bille und guckte ziemlich verzweifelt auf das dicke Buch.

„So schlimm wird das nicht", wiegelte Piepenbrock ab. „Die letzten vierzig Jahre interessieren uns nicht. Und die Zeit, als nur Schulbetrieb in dem Haus war, ist, so glaube ich, auch nicht so spannend."

Mia hatte ihr Kaffeepäuschen beendet, schnappte sich Max und flanierte über den Kirchplatz in der Hoffnung, auf ältere Mitbürger zu treffen, die ihr vielleicht die eine oder andere Frage beantworten konnten.

Und Fragen hatte Mia Schulte genug.

Entgegen ihrer ersten Absicht hatte sie die Nonnen nicht von der Liste gestrichen. Denn sie waren ja zeitgleich mit der Apotheke im Haus gewesen. Dass noch Lehrer lebten, davon konnte sie nicht ausgehen, aber eventuell noch Schüler von damals, aber bestimmt doch Kinder und Enkel. Sie wüsste zu gerne, wie alt das Skelett eigentlich war. Das würde ihre Recherche doch ziemlich einschränken. Nur wie sollte sie an die Information kommen?

Mia ließ sich ausgiebig bedauern, dass sie so einen grausamen Fund gemacht hatte. Insgeheim lachte sie sich ins Fäustchen. Hatte sie doch bereits mehrere Leute getroffen, die allerhand Wissen über das Schulhaus hatten. Auch die Dorfbewohner rätselten natürlich. Mia lud jeden, der etwas beitragen konnte, zu sich zu Kaffee und Kuchen ein.

Nach einer ganzen Zeit erinnerte sie sich an ihre Pflichten und brach die „Mission Schule", wie sie es nannte, vorerst ab. Sie brachte Max nach Hause und ging rüber zu Sigrid.

„Wichtken, da bin ich. Ich musste mich nur ein bisschen erholen. Aber natürlich koche ich heute Abend wie gewohnt."

„Natürlich ...", Mia räusperte sich, „bei mir und ich bringe es euch rüber, oder wollt ihr zu mir kommen?"

„Wie es dir recht ist", entgegnete Sigrid.

„Dann kommt man zu mir. Ich mach' auch was Opulentes, damit Hubertus endlich wieder gut mit mir ist."

„Ach Tante Mia." Sigrid nahm ihre Kinderfrau herzlich in den Arm. „Es ist doch nur, weil alles gerade fertig war. Tief in sich ist Hubertus bestimmt froh, dass du so gehandelt hast."

„Hmm", antwortete Tante Mia, „ich weiß ja nicht."

Insgeheim gab Sigrid ihr recht. Ganz versöhnt war Hubertus immer noch nicht wieder. Sie selbst war froh. Die Vorstellung, auf einem Gerippe zu leben, flößte ihr noch immer Unbehagen ein.

Mia überlegte, dass sie Hubertus und natürlich den Rest der Familie mit Zwiebelfleisch verwöhnen wollte. Ihren Jupp, Gott hab' ihn selig, hatte sie damit immer besänftigen können.

Vielleicht klappte das bei Hubertus ja auch. Als Nachspeise würde sie noch fix eine Herrencreme produzieren. Nachdem sie es beschlossen hatte, rannte sie direkt zum Metzger, machte noch einen Abstecher zum Supermarkt und stand in Rekordzeit wieder in ihrer Küche. Wie immer hatte sie die Schürze umgebunden und werkelte vor sich hin. Das Kochen ging ihr leicht von der Hand und so hatte sie nebenbei die Gelegenheit, ihre Gedanken zu ordnen.

Sigrid freute sich, dass Mia den Kochlöffel schwang, und nutzte die Zeit, um mit den Jungs zum Spielplatz zu gehen.

Justus war im Kindergarten beinahe prominent geworden. Es hatte sich auch dort herumgesprochen, was im Schulhaus passiert war.

„Natürlich habe ich die Knochen gesehen", prahlte Justus.

„Nein, Hugo und Oscar nicht. Das sind ja auch noch Babys."

In den buntesten Farben malte er den besagten Freitagabend aus und am Ende der Erzählung war er der Held, der das Skelett gefunden hatte. Selbstverständlich hatte er auch verschiedene Erklärungen, wer es denn nun sei. Angefangen beim ehemaligen Schulrektoren, der angeblich nachts spuken kam, über eine unzufriedene Mutter, die ihren Sohn rächen wollte und es sich deshalb in der Küche bequem gemacht hatte.

„Eigentlich spukt das Gespenst jede Nacht", versicherte er immer wieder. „Ich habe es auch vorher schon gesehen. Tante Mi hat es vor 0.00 Uhr ausgegraben und nun kann es des Nachts nicht mehr umhergehen."

Justus guckte ganz bekümmert, als er es erzählte.

Die Erzieherinnen amüsierten sich königlich über seine Fantasie, die anderen Kinder hingen mit großen Augen an ihm. Zu gerne hätte jeder von ihnen auch ein einen eigenen Geist gehabt.

Aus diesem Grund beschlossen die Pädagoginnen, mit ihren Zöglingen Gespenster zu basteln.

Hubertus und Sigrid waren nicht begeistert, dass ihr ältester Sohn überall seine Räuberpistolen herumerzählte. Sie wollten lieber möglichst schnell zur Normalität zurückkehren. Aber solange die Küche noch in Schutt und Asche lag, war das nicht möglich.

„Tante Mia kocht heute wieder für uns", teilte Sigrid am späten Nachmittag mit.

„Na wenigstens etwas."

„Nun sei doch nicht so. Sie bemüht sich doch wirklich."

„Ja. Aber es wäre mir immer noch lieber, es wäre alles nicht passiert."

Wenig später rief Tante Mia die Familie zum Essen.

Sie hatte sich wieder einmal selbst übertroffen. Es roch köstlich und es schmeckte noch besser.

„Wie kommen wir zu der Ehre?", fragte Hubertus. „Zwiebelfleisch gibt es doch sonst nur zu hohen Festtagen."

„Ach Jung', ich wollte euch was Gutes tun. Außerdem hab' ich doch 'was gutzumachen."

Etwas besänftigt langte Hubertus kräftig zu.

Tante Mia war während des gesamten Essens sehr einsilbig.

In Gedanken schmiedete sie Pläne, wie sie es am besten anstellen sollte, herauszufinden, wer denn nun dieses Skelett ist.

„Habt ihr noch etwas von dem Kommissar gehört?", fragte sie scheinheilig, als alle beim Nachtisch angekommen waren.

„Nein, nichts Neues."

„Schade", mischte Justus sich ein, „ich wüsste zu gerne, wer es ist."

Hubertus sagte: „Ich glaube, es wird ganz schön schwierig, etwas herauszufinden. Unser Haus ist 120 Jahre alt. Viele verschiedene Menschen sind hier ein- und ausgegangen. Es beherbergte eine Schule, eine Apotheke und auch Wohnungen, die von verschiedenen Leuten bewohnt wurden. In der Haut des

Kommissars möchte ich nicht stecken. Ich hätte keine Ahnung, wo ich beginnen sollte."

„Aber sie haben doch herausgefunden, wie lange das Skelett hier schon gelegen hat, da würde es sich doch anbieten, in der Zeit anzufangen zu recherchieren", meinte Sigrid.

„Ganz schön schlau, mein Wichtken", freute sich Mia.

Laut sagte sie: „So, ihr Lieben, ich räum' hier jetzt fix auf und dann mache ich noch eine kleine Hunderunde. Heute Abend muss ich früh ins Bett. Es war doch ein bisschen viel Aufregung für mich. Bin ja schließlich nicht mehr die Jüngste."

„Tante Mia, du wirst ja einsichtig", staunte Hubertus.

„Natürlich Jung'. Ich hab das doch nicht extra getan."

Sigrid atmete auf. Ihre Kinderfrau und ihr Mann schienen sich wieder zu versöhnen.

„Dann ruh' dich gut aus", sagte Hubertus. „Und eines musst du mir versprechen, nie wieder solche Experimente. Es werden weder Böden noch Decken oder Sonstiges bei uns im Haus aufgerissen."

„Versprochen! Hand drauf!"

Tante Mia reichte Hubertus ihre rechte.

„Das kann ich men versprechen", dachte sie. „Aufreißen muss ich bestimmt nix mehr. Zum Kaffeetrinken kann ich ja schließlich einladen, wen ich will", rechtfertigte sie sich vor sich selbst.

Die drei Jungs waren ein bisschen traurig, als sie hörten, dass Tante Mia nie wieder nach irgendetwas graben wollte.

„Aber vielleicht ist bei uns im Keller auch noch ein Schatz versteckt", warf Justus ein.

„Um Gottes Willen!"

„Ich bin mir ganz sicher, dass das Haus nicht noch mehr Geheimnisse birgt."

Mit diesen Worten beendete Hubertus das Gespräch und machte sehr deutlich, dass hier jegliche Diskussion zu Ende war.

Er war heute genug über seinen Schatten gesprungen. Seiner Frau zuliebe hatte er mit Tante Mia Frieden geschlossen. Auf weitere Abenteuer hatte er keine Lust mehr.

Auch Tante Mia war mit der neusten Entwicklung sehr zufrieden. Insgeheim hatte sie mit mehr Krach gerechnet.

Sie beschloss auf alle Fälle, ihr Wort zu halten und sich an den Kosten der Renovierung zu beteiligen. Das war sie ihnen schon irgendwie schuldig. Obwohl …

Jupp hätte es auch so gewollt. Er hatte ja nun auch einiges mit seiner Frau erlebt.

„Es war aber nie langweilig bei uns", erinnerte sich Mia und musste grinsen.

Sie schnappte sich ihren Hund und schlenderte durch das Dorf, ließ den Friedhof hinter sich liegen, erreichte einen kleinen Feldweg. Hier ließ sie Max und ihren Gedanken freien Lauf ...

Erst als die Sonne anfing unterzugehen, kam sie nach Hause. Der Spaziergang hatte ihr sehr gutgetan. Sie hatte einen Plan gefasst.

10.Kapitel

Kommissar Piepenbrock und Sybille waren derweil nicht untätig gewesen. Sie hatten sich Mühe gegeben, all die Einträge in dem alten Kirchenbuch zu entziffern. Während Piepenbrock laut vorlas, hatte Sybille alles fein säuberlich notiert. Dabei war nicht nur die Sütterlinschrift der ganz alten Aufzeichnungen das Problem gewesen, sondern laut Piepenbrock auch die „Sauklaue" der Archivare. Teilweise hatte er eine Lupe zu Hilfe nehmen müssen. Aber zäh ein Ziel verfolgend, hatte er sich durchgebissen.

Das Ergebnis konnte sich sehen lassen. Die beiden waren sehr zufrieden.

So hatten sie festgehalten: Das Haus war 1895 fertiggestellt und im gleichen Jahr als Dorfschule eingeweiht worden. Wie es damals üblich war, sind vier Jahrgänge gemeinsam unterrichtet worden. Alle Rektoren und Lehrpersonen waren namentlich aufgeführt. Auch eine exakte Liste aller Schüler und Schülerinnen hatten sie gefunden. Bis 1955 hatte der Schulbetrieb hier stattgefunden. Anfang der fünfziger Jahre hatte die Stadt beschlossen, ein neues Schulgebäude zu bauen, da das alte inzwischen zu klein geworden war. Das Dorf wuchs zu der Zeit mächtig. 1855 war die neue Schule schräg gegenüber der alten fertiggestellt worden. Mit großen Feierlichkeiten wurde sie eingeweiht. Kaum war der Umzug beendet, so begannen auch schon die Umbauarbeiten. Der damalige Priester hatte einen Apotheker für die Räumlichkeiten begeistern können. Sie boten ausreichend Platz für eine große moderne Apotheke, aber auch genug Lagerraum konnte entstehen und natürlich ein geräumiges Labor. Zu der damaligen Zeit wurden viele Medikamente, Pasten und Salben noch vor Ort frisch für den Patienten zubereitet. Nach Abschluss der Arbeiten zog die Brunnenapotheke ein. Dr. Heribert Höping war damals 43 Jahre alt und wollte dort sein Lebenswerk realisieren. Gemeinsam mit seinem Lehrmädel eröffnete er die

Apotheke und betrieb sie, bis er 1977 in den wohlverdienten Ruhestand ging.

Trotz des großzügigen Umbaus standen noch viele Räume leer und so entschied der Pfarrgemeinderat, zwei Wohnungen auszubauen. In die eine zogen 1957 drei Nonnen, die als Gemeindeschwestern tätig waren. Die andere blieb für lange eine Art Notunterkunft für Obdachlose und Hilfesuchende.

Ende der siebziger Jahre kam dann der große Umbruch. Die Nonnen waren schon lange nicht mehr da, und so verwaisten die Wohnräume, aber auch die ehemalige Apotheke. Dr. Höping hatte keine eigenen Nachkommen und fand auch niemanden, der das Geschäft übernehmen wollte. Es schien auf dem kleinen Dorf, das mittlerweile zum Vorort von Münster geworden war, wenig lukrativ.

Wieder einmal wurde der Pfarrgemeinderat aktiv. Diesmal beschlossen sie einen weiteren Umbau zu Jugendräumen. Bis 2010 wurden diese Räume von verschiedenen Gruppen wie zum Beispiel Landjugend, Messdienern und Pfadfindern genutzt. Aber seitdem die Anbindung an die Stadt immer besser geworden war, nutzten nur noch wenige Jugendliche die Räume, die zudem auch ziemlich in die Jahre gekommen waren und so schloss man sie Ende 2010. Seitdem stand die alte Schule leer. Mehrfach hatte man versucht, sie zu verkaufen, aber immer erfolglos. Bis zu dem Tag, als die Familie Schulte Althoff sich anfing zu interessieren. Um endlich den Klotz am Bein loszuwerden, war man rapide mit dem Kaufpreis heruntergegangen, da es jedem klar war, welche Mengen Geld beim Umbau verschlungen werden würden.

Im Jahr 2014 hatte Hubertus den Vertrag unterschrieben. Er war im Nachbarort aufgewachsen und kannte das Haus seit frühester Kindheit und es hatte ihn immer fasziniert. Es war trotz des Alters ein solider Altbau, lag mitten im Dorf und war von einem wunderschönen Garten mit einem sehr alten Baumbestand umgeben. Hubertus war sich damals sicher gewesen, dass es das richtige Zuhause für seine Familie sein würde. Zudem war der

Preis wirklich günstig, sodass die Familie beim Umbau nicht sparen musste.

„Das sind ganz schön viele Informationen", stöhnte Sybille, nachdem sie alles noch einmal gesichtet hatte.

„Allerdings", stimmte Piepenbrock ihr zu. „Aber dafür, dass das Haus bereits 120 Jahre auf dem Buckel hat, ist es noch ziemlich überschaubar. Wir sollten uns für die Zeit ab 1955 interessieren. Denn da scheint der erste größere Umbau stattgefunden zu haben."

„Gute Idee", bestätigte Sybille ihren Chef.

„Wir haben ja den Namen des Apothekers. Vielleicht sollten wir da beginnen. Eventuell gibt es noch lebende Verwandte. Er selbst ist ja bereits 1993 verstorben im Alter von 81 Jahren. Bille, telefonier du doch mit dem Einwohnermeldeamt. Ich selbst werde dem Pfarrbüro noch einmal einen Besuch abstatten. Es sollten ja auch dort Aufzeichnungen über Verwandte vorhanden sein. Oder irgendjemand weiß, wer den Doktor noch gekannt hat. Einige der heutigen Dorfbewohner waren vielleicht als Kinder noch Kunden bei ihm."

Sybille schnappte sich das Telefon. Piepenbrock fuhr erneut in den VorortMünsters.

Tante Mia hatte den neuen Tag freudig begrüßt. Auf ihrem gestrigen Spaziergang war ihr eingefallen, dass einmal in der Woche ein „Strickkreis" im katholischen Pfarrheim stattfand.

Sie hasste zwar nichts mehr als Stricken, aber der Zweck heiligt die Mittel. Denn dort würde sie bestimmt einige ältere Frauen treffen. Da war es doch wahrscheinlich, dass irgendjemand vielleicht noch dort zur Schule gegangen war oder die Apotheke gekannt hatte. Wer wusste schon, was ihr so ein Damenkränzchen für Möglichkeiten geben würde.

Irgendwann musste sie ja schließlich beginnen, neue Kontakte zu schließen. Seufzend betrat sie den großen Supermarkt in der Hoffnung, dort Wolle und Stricknadeln erstehen zu können. Sie hatte Glück. Sockenwolle und die passenden Nadeln waren vorrätig.

„Auch das noch", moserte sie leise vor sich hin.

„Wie bitte?", fragte der freundliche Filialleiter.

„Nichts, nichts, manchmal spreche ich mit mir selbst", erklärte Mia.

Der Kaufmann lächelte verständnisvoll.

Bewaffnet mit ihrer Errungenschaft machte sich Mia am Nachmittag pünktlich auf den Weg zum Pfarrheim.

Ein wenig verloren stand sie im Foyer. Außer ihr war noch niemand erschienen.

„Hmm. Ob hier vielleicht doch nicht gestrickt wird?", fragte sie sich.

In diesem Augenblick betraten drei hochbetagte Frauen munter schwatzend das Gebäude. Lange Stricknadeln ragten aus ihren Taschen.

„Geht doch!", frohlockte Mia und stellte sich den Frauen in den Weg.

„Tach auch. Ich bin die Mia Schulte und neu hier und würde gerne stricken."

Erfreut durch den Zuwachs stellten die Angesprochenen sich vor:

„Henriette Baum."

„Gerlinde König."

„Sieglinde Teppe."

„Herzlich willkommen im Klub, Mia. Wir dürfen doch Mia sagen? Wir duzen uns hier alle."

„Klar doch", antwortete Mia, „kommen noch mehr Stricktanten?"

Henriette guckte etwas angesäuert: „Wie Stricktanten? Wir sind ein alteingesessener Handarbeitsverein. Wir stricken nicht zum Vergnügen, sondern um unsere Werke im Advent auf unserem Basar für einen guten Zweck zu verkaufen."

„Oh Gott, auch das noch", murmelte Mia und sagte laut: „Das war nicht böse gemeint. Ich bin manchmal ein bisschen salopp." Sie schenkte den dreien ihr herzlichstes Lächeln.

„Dann mal rein in die gute Stube", freute sich Gerlinde König. Sie war eine kleine, rundliche Frau mit freundlichen Knopfaugen, roten Wangen und freute sich des Lebens.

„Gleich kommen noch fünf weitere Damen. Mia, was strickst du denn gerade?"

„Ja, also, um ehrlich zu sein, ich bin ein wenig aus der Übung. Aber ich dachte, ich versuche mich mal an Socken. Warme Socken braucht man doch immer."

„Du denkst dran, dass wir hier nicht für uns selbst stricken?", wies Henriette Mia streng zurecht.

„Jo klar. Kein Problem."

„Meine Socken wird bestimmt niemand haben wollen", dachte Mia und ließ sich ächzend auf einem Stuhl nieder.

„Hast du auch so steife Knochen?", fragte Gerlinde interessiert.

„Nee", antwortete Mia, „oder doch", ergänzte sie schnell, denn damit war ihr Stöhnen sicherlich besser zu erklären, als ihre Abneigung gegen jegliche Handarbeit. „Nadelarbeit" hatte es zu ihrer Schulzeit geheißen und sie hatte nicht ein angefangenes Teil je fertiggestellt. Während bei ihren Klassenkameradinnen die Nadeln wie von selbst flink über die Arbeit sprangen, waren ihre stets stur und unnachgiebig gewesen. Selbst ihre Mutter hatte sie damit zur Verzweiflung getrieben.

Aber was muss, das muss. Das war schon immer Mias Devise gewesen.

Nach und nach trudelten auch die anderen Teilnehmer ein. Alle strickten bereits eifrig, nur Mia quälte sich sichtlich ab, Maschen auf die Nadeln zu bekommen.

„Was ist los?", fragte Henriette.

„Ach nichts", antwortete Mia, „ich bin nur noch so geschockt."

„Wovon?", fragte Gerlinde neugierig.

„Ach habt ihr es nicht gehört? Ich habe doch in der alten Schule das Skelett gefunden!" Stolz blickte Mia in die Runde.

„Oh, ah!", riefen die anderen. „Du hast es gefunden? Natürlich haben wir davon gehört. Erzähl doch mal!"

Das ließ Mia sich nicht zweimal sagen. Sie setzte sich in Position, ließ das Strickzeug in ihrem Schoß ruhen und begann ausführlich den besagten Freitagabend zu schildern. Einige Damen wurden ganz blass, Henriette ließ vor lauter Schreck gleich drei Maschen auf einmal fallen, aber alle wollten restlos alles erfahren. Selbst Henriette hing an Mias Lippen.

„Weiß man denn schon, wer es ist?", fragten sie aufgeregt durcheinander.

„Nee, leider nicht", musste Mia zugeben.

„Ach, ich kann mich noch zu gut an die Apotheke, die früher einmal in dem Haus war, erinnern", schwelgte Henriette.

„Ja", kicherte Gerlinde. „Der Apotheker war so ein ganz fescher. Ich glaube, meine Mutter hat ein bisschen für ihn geschwärmt. Aber mein Vater durfte es auf keinen Fall mitkriegen."

Mit einem Mal unterhielten sich alle über die Schule. Jede wusste etwas zu erzählen.

Mia freute sich. Ihr Plan würde aufgehen. Heute war es erst einmal wichtig, den Kontakt herzustellen. Alles Weitere würde sich dann schon ergeben. Die Saat war gelegt. Nun musste sie nur noch aufgehen.

„Ich muss unbedingt herausfinden, wie alt unser Skelett ist", überlegte Mia.

„Ach, das weißt du gar nicht?", fragten die anderen interessiert.

„Nee", gab Mia zähneknirschend zu, „aber das finde ich raus, keine Sorge, denn ich kenne ja den Kommissar höchstpersönlich."

Ehrfurchtsvoll schauten die Frauen sie an.

„Aber", flüsterte Mia jetzt, „es muss da ja schon ganz schön lange liegen, denn sonst wäre ja noch so ein bisschen Fleisch dran gewesen, aber da war gar nix, sach' ich euch."

„Ich freu' mich, dass du zu uns gestoßen bist", strahlte Gerlinde. „Endlich ist hier mal was los."

„Das läuft ja wie geschmiert", dachte Mia und beteiligte sich eifrig an der Diskussion, wie lange es dauert, bis all das Fleisch verfault ist."

Zwei Stunden später trennte sich der Handarbeitskreis.

Sehr zufrieden kehrte Mia heim. Natürlich hatte sie ihre neuen Freundinnen gleich für den nächsten Tag zum Kaffee eingeladen.

Zu Hause kramte sie in ihrer Tasche. Mit einem verächtlichen Blick schmiss sie das Strickzeug in die Ecke und wühlte so lange, bis sie gefunden hatte, wonach sie suchte.

„Ha, da isse ja", freute sie sich und hielt die Visitenkarte von Piepenbrock in die Luft.

Entschlossen wählte sie die Telefonnummer.

„Kommissariat, Sybille Hegemann", meldete sich am anderen Ende eine Stimme.

„Ach, das junge Frolleinchen", begrüßte Mia die Beamtin herzlich. „Wissen Sie, ich wollte mal hören, ob es schon was Neues gibt."

11.Kapitel

Sybille telefonierte noch immer mit Mia, als Piepenbrock zurückkam.

„Gerne, Frau Schulte, und natürlich lassen wir es Sie wissen, wenn wir etwas herausgefunden haben. Bis bald."

Sybille beendete das Telefonat und legte ihren Kopf auf die Schreibtischplatte.

„Was ist los", fragte Piepenbrock irritiert.

„Das war", prustete seine Mitarbeiterin los, „Frau Schulte, du weißt, unsere alte Dame ..."

„Oh, was wollte Sie?"

„Sie wollte wissen, ob wir denn nun endlich wissen, wer denn nun das Skelett ist, wie es zu Tode gekommen ist und wer der Täter ist."

„Na, die hat aber Nerven."

Piepenbrock schüttelte den Kopf. „Was hast du ihr gesagt?"

„Ach, nur dass es ein weibliches Gerippe ist und dass es zwischen 50 und 60 Jahre dort liegt. Den Rest habe ich für mich behalten."

„Sehr gut", lobte Piepenbrock.

„Irgendwas musste ich ihr sagen, sie hätte sonst keine Ruhe gegeben."

„Das kann ich mir gut vorstellen."

„Hast du was herausfinden können?"

„Nicht wirklich viel. Die Namen hatten wir ja schon alle. Der Apotheker ist schon recht lange tot und hat nach ersten Erkenntnissen auch keine lebenden Verwandten mehr. Aber, laut Pastor Beckmann, gibt es durchaus Leute, die ihn kannten und auch noch am Leben sind. Mit denen sollten wir anfangen. Hast du im Einwohnermeldeamt was erfahren können?"

„Dito. Nichts wirklich Wichtiges. Also nichts, was uns weiterbringen würde."

„Okay. Dann schreiben wir uns jetzt Listen und werden diese Leute der Reihe nach besuchen."

Tante Mia schwebte auf Wolke Nummer sieben. Hatte sie doch mehr erfahren, als sie sich erhofft hatte. Ein weibliches Skelett, und sie wusste nun auch, wann es ungefähr zu Tode gekommen war. Da lag sie doch gar nicht so falsch, wenn sie annahm, dass es zur Zeit des Umbaus für die Apotheke passiert sein musste.

Aufgeregt begann sie, Streuselkuchen zu backen. Streuselkuchen beruhigte sie immer. Sie brauchte ihn für morgen Nachmittag.

Als der Kuchen im Ofen war, holte sie ihr Heft wieder raus und notierte sich die neusten Fragen, die sich ihr stellten.

Als es an ihrer Tür klingelte, fühlte sie sich gestört.

„Was ist los?", rief sie und öffnete.

„Tante Mi", sagte Justus vorwurfsvoll. „Warum kommst du nicht? Wir wollten doch spielen. Die Zwillinge warten auch."

„Kind, ich glaub', ich werde alt. Ich hab's glatt vergessen."

Mia schaute so entsetzt, dass Justus laut lachen musste.

„Macht doch nichts. Passiert mir auch schon mal."

Mia schaute schnell aus dem Fenster und entschied, dass man bei dem Wetter durchaus draußen spielen könnte. Es passte ihr zwar im Augenblick überhaupt nicht, lieber würde sie in Ruhe weiter nachdenken, aber was muss, das muss.

„Justus, hol schon mal deine Brüder. Wir treffen uns auf dem Dorfplatz."

„Und was machen wir dort?", wollte Justus wissen.

„Lass dich überraschen", grinste Mia und schaute geheimnisvoll. „Ich muss noch schnell etwas suchen, dann geht es auch schon los."

Justus schickte sich an, seine kleinen Geschwister zu holen und Mia begann eifrig, im Küchenbüfett zu suchen.

„Da sind sie ja", freute sich die alte Dame laut und hielt einen braunen Stoffbeutel in die Höhe.

Draußen warteten die Kinder schon ungeduldig.

„Heute zeige ich euch ein Spiel, das eure Mama schon gerne gespielt hat."

Kaum hatte sie es gesagt, bückte sie sich, zog einen großen Kreis mit Kreide auf den Boden und sagte: „Justus, Kind, such men fix 'nen Stein."

Der tat wie befohlen und reichte Mia kurz darauf einen Kieselstein, der nahe einem Beet gelegen hatte.

Tante Mia nahm ihn, rieb ihn zwischen den Händen blank und erklärte wichtig: „Das ist unser Glücksstein!"

„Hä?", fragten die drei Jungs.

„Den platzieren wir nun in der Mitte des Kreises und nun ..." Mia öffnete den Stoffbeutel und überreichte jedem Jungen feierlich 8 bunte Glasmurmeln. Sie selbst behielt natürlich die gleiche Anzahl.

„Nun versuchen wir, mit unserer Murmel den Glücksstein zu treffen. Wessen Murmel nachher am nächsten dran ist, der hat gewonnen und bekommt alle Murmeln, die im Kreis liegen. Murmelkönig ist nachher derjenige, der die meisten Murmeln hat."

„Aha", krähte Justus und ließ den ersten Knicker in den Kreis rollen.

„Nicht schlecht", kommentierte Mia, als die Glaskugel ca. 10 Zentimeter neben dem Stein zum Liegen kam.

Oskar und Hugo taten es ihrem Bruder nach. Mia kniete sich zum Vergnügen der Kinder erst einmal auf den Boden, schloss das linke Auge, um besser zielen zu können, befand, dass ihre Ausgangsposition noch nicht optimal sei, legte sich also vor den Kreis, wobei ihr mächtiger Busen doch etwas im Weg war und ließ die Kugel kullern.

Kurz vor dem Stein blieb sie liegen und Mia sprang wie von der Tarantel gestochen auf und jubelte: „Gewonnen!"

Nun war der Ehrgeiz der Brüder geweckt und es wurde Runde um Runde gespielt.

„Tante Mia, ich glaube, du schummelst", beklagte sich Justus, dessen Murmelvorrat gefährlich schwand.

„Nee", empörte sich Tante Mia, „ich hab nur besseres Zielwasser."

Die vier spielten Runde um Runde, sodass die Zeit verging.

Selbst Mia hatte vergessen, dass sie eigentlich noch etwas anderes vorhatte.

Zur gleichen Zeit beschäftigten sich Kommissar Piepenbrock und seine Assistentin näher mit dem Apotheker Heribert Höping. Viel war es nicht, was sie herausfanden. Er war alleinstehend gewesen, hatte bis zu seinem Ruhestand die Apotheke geführt. Nachdem er vergebens einen Nachfolger gesucht hatte, war sein Lebenswerk geschlossen worden und er hat still und unauffällig sehr zurückgezogen seinen Lebensabend verbracht.

„Den können wir nun nicht mehr befragen", stellte Sybille frustriert fest. „Verwandte gibt es auch nicht mehr. Aber irgendjemand muss ihn doch noch gekannt haben."

Die junge Polizeibeamtin grübelte.

„Piepenbrock, ich fahr noch einmal zum Tatort. Es muss jemanden geben, der sich an Höping erinnert."

„Wenn du meinst, dann mach das", ermutigte Piepenbrock seine Mitarbeiterin.

Sybille machte sich auf den Weg. Zum Glück war es ja vom

Friesenring aus nicht so weit bis in den kleinen Vorort.

Als erstes besuchte sie noch einmal das Pfarrbüro.

Dort wurde sie herzlich begrüßt, obwohl der Umstand, dass die Polizei erneut auftauchte, eigentlich kein schöner war.

„Wir haben auch die ganze Zeit nachgedacht", berichtete der Pfarrer. „Unserem Pastoralreferent ist eingefallen, dass Heribert Höping eng mit Erich Nordhoff befreundet war. Seine Mutter hat sich erinnert. Überall im Dorf wird natürlich über den Fund diskutiert."

„Dem Himmel sei Dank für das Gedächtnis der alten Dame", freute sich Sybille. „Haben Sie zufällig auch die Adresse des Herrn Nordhoff?"

„Ja natürlich", antwortete Pfarrer Beckmann und schob einen Zettel rüber, den er wohlweislich schon vorbereitet hatte.

„Vielen Dank."

Sybille nahm den Zettel und verließ das Pfarrhaus.

Nur wenige Straßen entfernt würde sie den alten Mann finden.

Kommissar Piepenbrock hatte die Zeit ebenfalls genutzt. In den alten Kirchenbüchern war er auf Luise Stegemann, geborene Schmitt, gestoßen. Wenn er richtig recherchiert hatte, so musste es sich um das ehemalige Lehrmädchen des Apothekers handeln.

Allerdings schien sie nicht mehr in dem Dorf zu wohnen.

Piepenbrock griff zum Telefonhörer und versuchte sein Glück beim Einwohnermeldeamt. Eventuell konnte er dort erfahren, wohin sie verzogen war.

Die junge Dame am anderen Ende der Leitung war sehr hilfsbereit, nachdem sie hörte, mit wem sie es zu tun hatte.

Sie versprach, ihr Bestes zu tun und sich so schnell wie möglich wieder zu melden.

Piepenbrock bedankte sich artig und überlegte, Feierabend zu machen. Auch Sybille wollte nicht mehr ins Büro zurückkehren.

Also konnte man sich über Neuigkeiten so oder so erst morgen austauschen.

Der Kommissar packte seine Sachen zusammen und machte sich gemütlich auf den Heimweg.

Es war noch nicht spät und so würde er die Zeit nutzen, endlich seinem Fußballverein mal wieder beim abendlichen Training zuzuschauen.

Tante Mia hatte derweil, nachdem sie alle Murmeln gewonnen hatte, auch zum Aufbruch gedrängt.

„Wir müssen noch essen, Kinners, und dann ist es auch schon Zeit für euch, ins Bett zu marschieren."

Enttäuscht gingen die Jungs mit. Sie hätten viel lieber noch weitergespielt.

Da die Schulte Althoff Küche noch immer nicht wiederhergestellt war, fand das Abendessen erneut in Tante Mias Wohnung statt.

Hubertus war noch immer wortkarg, lauschte aber den Erzählungen seiner Söhne, während Sigrid versuchte, gute Laune zu verbreiten. Aber die zerstörte Küche lag auch ihr schwer im Magen.

12. Kapitel

Am nächsten Tag bereitete Mia sich akribisch auf ihr Treffen mit Henriette und Gerlinde, die beiden Handarbeitstanten, wie sie sie im Stillen nannte, vor.

Nicht nur den Kaffeetisch deckte sie liebevoll ein, sie legte auch das verhasste Strickzeug gut sichtbar auf das Sofa. Falls das Gespräch nicht so in Gang kam, wie sie es sich vorstellte, konnte man immer noch das Thema auf die Handarbeit bringen. Wobei Mia sich sicher war, dass sie nichts von den hilfreichen Tipps, die die Damen bestimmt auf Lager hatten, jemals anwenden würde. Die angefangene Socke sah schon jetzt nach nur wenigen Reihen sehr mitgenommen aus und Mia fürchtete, dass ihre neuen Freundinnen nur zu schnell bemerken würden, dass sie des Strickens nicht wirklich mächtig ist.

„Egal", sagte Mia zu sich selbst, „der Zweck heiligt die Mittel."

Kurz vor 15.00 Uhr klingelte es. Max bellte, wie es sich gehörte und mit ihrem schönsten Lächeln auf den Lippen öffnete Mia die Haustür.

„Henriette. Gerlinde. Wie schön euch in meiner Stube begrüßen zu dürfen." Galant begleitete sie die beiden Frauen hinein, wies ihnen die Plätze bei Tisch zu und verschwand zwecks Kaffeeaufbrühen in ihrer Küche.

Neugierig schauten sich die Frauen um. Henriette strich schnell einmal über den Bilderrahmen, freute sich, keinen Staub zu finden. „Ne gute Hausfrau isse", stellte sich zufrieden fest.

„Ja", bestätigte Gerlinde, hob die Kaffeetasse an, schielte drunter und sagte: „Und arm isse auch nicht. Guck mal, es ist das original 'Indisch Blau', heute ein Vermögen wert."

In diesem Augenblick betrat Mia den Raum.

„Alles in Ordnung?", fragte sie.

„Natürlich", erwiderten die Freundinnen und kicherten.

Insgeheim verdrehte Mia die Augen und dachte, „was für alberne Gänse", behielt aber ganz die Contenance und schenkte jedem ein Tässchen Bohnenkaffee ein.

„Der Kuchen ist herrlich", schmatzte Henriette und ließ sich gerne noch ein weiteres Stückchen geben.

Das Gespräch plätscherte leise vor sich hin. Nachdem man sich ausführlich über das Wetter ausgetauscht hatte, was eigentlich nie richtig war, widmete man sich nun den kleinen und größeren Gebrechen, die das Alter nun mal so mit sich brachte.

So hatte Mia sich das Kaffeekränzchen nicht vorgestellt. Sie saß doch hier nicht zum Zeitvertreib. Beherzt unterbrach sie Henriettes Schilderung über die Herzbeschwerden, knallte eine Flasche nebst drei Schnapspinnchen auf den Tisch und sagte: „Dann gibt es jetzt keine bessere Medizin als Tante Mias selbst gemachten Aufgesetzten. Ein Gläschen in Ehren kann niemand verwehren." Mit diesen Worten hatte sie die Gläser auch schon eingeschenkt, duldete keinen Widerspruch: „Dann men Prost! Auf gute Freundschaft."

Alle drei tranken den 'Roten' auf einen Zug und sofort schenkte Mia nach: „Auf einem Bein kann man nicht stehen."

Während Henriette sich sträuben wollte, fiel Gerlinde direkt mit ein: „Und so jung kommen wir nicht wieder zusammen."

Nach dem fünften Glas sträubte auch Henriette sich nicht mehr.

„Nun reicht es aber", dachte Mia, „sonst krieg ich gleich gar nichts mehr aus ihnen raus."

„Nun machen wir aber mal ein Päusken", ordnete sie an.

„Ich wollte euch auch noch was fragen:"

„Dann frag' doch", kicherte Gerlinde.

„Wie man Socken strickt?", giggelte Henriette, „das kannst du doch gar nicht."

Über diesen Kommentar hörte Mia hinweg,

„Nee. Ich wollte wissen, ob ihr den Apotheker Höping näher gekannt habt? Ihr wisst doch, der war doch in unserem Haus hier, und nachdem ich das Skelett gefunden habe ..."

Der Alkohol tat seine Wirkung und er löste die Zungen der beiden Frauen.

Gerlinde errötete sogar ein bisschen, bevor sie anfing zu erzählen:

„Also, ich verrate euch jetzt mal ein ganz großes Geheimnis." Beifall heischend schaute sie sich um.

„Was denn? Was denn?" Henriette fragte neugierig.

„Der Höping, der war so ein ganz fescher Kerl, also in jungen Jahren. Er sah so gut aus. Meine Mutter schwärmte regelrecht für ihn und nutzte jede Gelegenheit, um bei ihm irgendetwas einzukaufen. Ich kann mich erinnern, dass sich Hühneraugenpflaster bei uns zu Hause stapelten. Mein Vater durfte da natürlich nichts von mit bekommen. Ich hab das damals überhaupt nicht verstanden, warum es einen Heidenkrach um diese Pflaster gab, aber ich war ja auch erst 11 Jahre alt. Auf alle Fälle durfte meine Mutter da nicht mehr einkaufen, und wenn wir Medikamente brauchten, musste sie immer ins Nachbardorf. Es gab noch nicht so viele Autos, da musste sie entweder mit dem Rad fahren oder aber laufen. Mein Vater sagte dann immer: „Du hast ja genug Hühneraugenpflaster."

Henriette riss die Augen weit auf. Ein wohliger Schauer lief ihr über den Rücken. Sie liebte Klatsch und Tratsch.

„Jetzt brauch' ich noch 'nen Kurzen!", forderte sie, „wie ging es weiter?"

Zähneknirschend goss Mia noch einmal ein, obwohl diese ollen Geschichten sie ja so gar nicht weiterbrachten. Das fehlte ihr noch, dass sich die beiden hier einen auf die Lampe gossen. Mia mochte sich gar nicht Hubertus' Reaktion vorstellen, wenn er es mitbekäme.

Henriette und Gerlinde wurden zusehend lustiger und auch alberner.

Gerlinde erzählte und erzählte, zwischendurch nahm sie immer wieder gerne ein Gläschen. Mia wurde langsam aber sicher sauer. Gerade wollte sie die Flasche mit dem Roten schnappen und in Sicherheit bringen, als Gerlinde kicherte: „Dann gab es da noch ein blutjunges Lehrmädchen. Schlank, hochbeinig und blond. Jahrelang hat man im Dorf gemunkelt, dass Höping ein Verhältnis mit ihr gehabt haben soll. Meiner Mutter hat das so gar nicht in den Kram gepasst. Aber irgendwann war sie weg. Sie hat wohl geheiratet."

„Weißt du noch, wie sie hieß?", fragte Mia aufgeregt.

„Na klar", entgegnete Gerlinde. „Ich bin doch noch nicht eingerostet. Luise Schmitt hieß sie. Und nachher Stegemann, also nach der Hochzeit. Und ..." Gerlinde sah Mia triumphierend an: „Soll ich dir noch was verraten? Sie lebt noch. Sie wohnt in der Seniorenresidenz am Aasee."

„Echt?", freute sich Mia und bot der Freundin einen weiteren Schnaps an.

„Echt", lachte Gerlinde. „Wir können sie ja mal besuchen. Es interessiert sie bestimmt, was hier passiert ist."

Erfreut über ihre Idee forderte Gerlinde alkoholischen Nachschub.

„Meinste?", fragte Mia.

„Ja", antwortete Gerlinde, „was meinst du Henriette?"

Ein Grunzen war die Antwort. Henriette war sanft eingeschlummert und schnarchte ordentlich vor sich hin.

Mia, die sich beim Alkohol sehr zurückgehalten halte, erwachte zu neuen Taten.

„Dann lass uns mal gleich einen Termin abmachen."

Sie freute ich, dass es wie am Schnürchen lief.

Wieselschnell lief sie in die Küche, brühte einen starken Kaffee auf. Den gedachte sie den beiden Schnapsdrosseln einzuflößen, denn irgendwie musste sie sie ja wieder nach Hause bekommen.

Ein schlechtes Gewissen meldete sich.

„Papperlapapp", schalt sie sich selbst, „ohne den Aufgesetzten hätte ich bestimmt nichts rausgefunden. Der Kommissar wird aber Augen machen."

Nachdem Mia den Kaffee serviert hatte, gab sie ihrem Besuch die Gelegenheit, sich salonfähig zu machen. Danach überzeugte sie sich, dass weder Hubertus oder Sigrid vor ihrer Tür waren, und beförderte die beiden bestimmt nach draußen. Lachend und leicht torkelnd begaben sie sich auf den

Heimweg.

„Watt 'nen schöner Nachmittag", stellte Henriette fest.

„Ja, und ich freue mich schon auf den Besuch bei dem Luischen", antwortete Gerlinde.

Mia schrieb sich den vereinbarten Termin sofort in ihr Notizbuch. Nicht auszudenken, wenn sie ihn vergessen würde.

Seufzend fing sie an, Wohnzimmer und Küche wieder aufzuräumen.

Siedendheiß war ihr eingefallen, dass sie noch nichts gekocht hatte. Sie konnte es sich nicht leisten, Hubertus noch weiter gegen sich aufzubringen.

Es nutzte nichts. Da würde sie die Familie wohl zum Essen einladen müssen. Aber wohin?

Kurze Zeit später verkündigte sie: „Kinners, heute lade ich euch ein."

„Warum?", fragten Hubertus und Sigrid.

„Weil mir danach ist", grinste Mia und sagte: „Wir gehen Burger essen!"

„Jau", brüllte Justus und die Zwillinge sangen im Chor: „Burger, Burger!"

Tante Mia war stets für eine Überraschung gut.

Also machte Hubertus die Familienkutsche startklar, amüsierte sich noch ein wenig über Mias Wunsch.

Mia hatte eigentlich überhaupt keine Lust auf dieses Essen aus Pappschachteln, aber in Anbetracht der Tatsache, dass der Kommissar ja nun die Renovierung der Küche nicht bezahlen wollte, musste sie sparen und die Kinder liebten dieses 'Restaurant'.

Da Sybille am Vortag den Freund des Apothekers nicht angetroffen hatte, hatte sie sich am Nachmittag erneut aufgemacht.

Dieses Mal hatte sie mehr Glück. Nach dem ersten Läuten öffnete sich die Tür des schmucken Einfamilienhauses.

„Erich Nordhoff?", begrüßte sie den alten Mann.

„Ja", entgegnete der erstaunt, „und mit wem habe ich die Ehre?"

Sybille stellte sich vor und erklärte den Grund ihres Kommens.

„Dann kommen Sie doch bitte herein." Nordhoff ging langsam, gestützt auf einen Gehstock, voran und führte die Polizistin in ein helles Wohnzimmer, das tadellos aufgeräumt war.

„Sie haben Glück, meine Zugehfrau war erst heute da ...", erklärte der alte Herr. „Ich bin sonst nicht so auf Besuch eingestellt. Darf ich Ihnen etwas anbieten?"

„Machen Sie sich keine Umstände, aber ein Glas Wasser nehme ich gerne."

Erich Nordhoff erhob sich sofort und bat: „Wären Sie so lieb und würden die Gläser aus dem Schrank nehmen. Das Wasser hole ich selbst, aber mit dem Gehstock ist es etwas schwierig, ein Tablett zu balancieren."

„Selbstverständlich", antwortete Sybille und stellte zwei handgeschliffene Kristallgläser auf den Couchtisch.

„Ja, ja, man wird auch nicht jünger und der Körper will nicht mehr so wie der Geist. Aber ich freue mich, überraschend so hübschen Besuch bekommen zu haben. Doch nun erzählen Sie mal."

Sybille nahm einen großen Schluck, räusperte sich und begann: „Vielleicht haben Sie schon gehört, dass im alten Schulhaus ein Skelett gefunden worden ist."

Nordhoff guckte entsetzt.

„Nein, davon habe ich nichts gehört. Ich lebe sehr zurückgezogen. Die meisten meiner Freunde sind schon verstorben, und seitdem ich meine Frau beerdigt habe, gehe ich nicht mehr gerne unter Menschen."

Sybille berichtete dem alten Mann, was sich in der alten Schule zugetragen hat. Sie erzählte von der Familie Schulte Althoff, von Mia Schulte, die ja letztendlich das Gerippe zum Vorschein gebracht hatte.

Aufmerksam hörte Erich Nordhoff ihr zu.

„Warum kommen Sie mit dieser Geschichte zu mir?", wollte er wissen.

„Wir haben erfahren, dass Sie sehr eng mit Heribert Höping befreundet waren. Da er die Apotheke in dem Haus hatte, ist es für uns sehr wichtig, alles aus den vergangenen Zeiten zu erfahren. Irgendwo müssen wir ja anfangen, da wir völlig im Dunklen tappen. Das Einzige, was wir wissen, ist, dass es sich um eine sehr junge, weibliche Leiche handelt. Jeder noch so winzige Hinweis könnte für uns von Bedeutung sein."

„Sie glauben doch wohl nicht, dass Heribert etwas damit zu tun hat?"

Erich Nordhoff war entrüstet.

„Heribert war ein angesehener Geschäftsmann. Er lebte für seine Apotheke oder vielmehr für seine Kunden. Und – er war ein guter Freund, der beste, den man sich vorstellen kann. Leider war ihm eine eigene Familie verwehrt geblieben. Er fand einfach nicht die richtige Frau."

Mit zitternden Händen griff er nach seinem Wasserglas und schaute Sybille aus wässrigen blauen Augen an.

„Wir denken überhaupt nichts, Herr Nordhoff. Wir müssen nur irgendwo beginnen. Alle Leute, die in dem Haus gelebt oder gearbeitet haben, können in irgendeiner Form von Bedeutung sein. Aber vermuten können wir noch nichts. Wir stehen ganz am Anfang unserer Ermittlungen."

Sybille versuchte, den aufgebrachten Mann zu beruhigen.

„Wir wollen Ihrem Freund nichts unterstellen. Aber vielleicht haben Sie ja eine Idee, die uns helfen würde?"

„Ich hatte mit der Apotheke und mit dem Haus nichts, aber auch gar nichts, zu tun. Wir trafen uns immer privat, meistens in Heriberts Rauchersalon. Dort haben wir manche Zigarre geraucht und manches Glas Rotwein zusammen getrunken und natürlich über Gott und die Welt diskutiert."

Nordhoff verstummte und die Kripobeamtin schaute ihn fragend an.

„Wissen Sie, Fräulein, mir persönlich hat es ja immer leidgetan, dass der Heribert keine Frau gefunden hat. Er wäre bestimmt ein guter Ehemann und Vater geworden ... aber ich habe so manches Mal gedacht, dass er gar nicht an Frauleute interessiert war. Wenn Sie wissen, was ich meine."

Verschämt guckte er Sybille an.

„Sie meinen, er war – äh - homosexuell?"

Sybille fiel es schwer, das Wort in Gegenwart des Greises auszusprechen.

„Naja, vielleicht. Wissen Sie, er war stets sehr auf sein Äußeres bedacht und er war wirklich eine fesche Erscheinung. Es gab genug Frauen, die ihn anhimmelten und wenn es nur wegen seines Geldes war, aber er wollte keine. Aber mir war das egal, er war ein prima Freund."

An dieser Stelle machte Nordhoff deutlich, dass er das Gespräch als beendet ansah. Unsicher erhob er sich und begleitete seinen Besuch zur Tür.

Sybille ließ ihre Karte auf dem Tisch liegen und verabschiedete sich: „Falls Ihnen doch noch etwas einfällt, so lassen Sie es mich wissen."

Sie schenkte ihrem Gegenüber ein herzliches Lächeln, bevor sie ging.

Kopfschüttelnd schlich Nordhoff zurück in sein Wohnzimmer. Die Erinnerungen an seinen Freund, den er noch immer vermisste, überkamen ihn. Traurig griff er nach Fotoalben, in denen vergilbte Fotos bessere Zeiten zeigten.

Vielleicht, überlegte er, hätte ich der Polizei von Luise erzählen sollen. Dieses Lehrmädel. Ob sie die Tote ist?

13.Kapitel

Tante Mia hatte einen sehr vergnüglichen Abend mit ihren Lieben verbracht und, zum Entzücken der Kinder, tapfer zwei Burger verschlungen. Insgeheim dachte sie, dass es sogar ganz lecker war, ob wohl sie es niemals zugeben würde.

Sybille Hegemann war nach dem Gespräch mit Erich Nordhoff zurück zum Friesenring gefahren. Ihr Chef erwartete sie schon im Kommissariat.

„Aus Nordhoff ist nichts rauszukriegen", berichtete Sybille. „Er ist ein alter Mann, der nichts auf seinen Freund kommen lässt. Angeblich war Höping nie liiert. Allerdings vermutet Nordhoff, dass sich sein bester Freund eventuell mehr für Männer als für Frauen interessiert hat. Aber wissen tut er nichts. Allerdings wäre er somit aus dem Rennen. Denn warum sollte ein schwuler Apotheker was mit einer weiblichen Leiche zu tun haben."

Piepenbrock schaute seine Mitarbeiterin an.

„Das wäre ja 'nen Ding. Zu der Zeit war Homosexualität doch sogar noch strafbar und die Betroffenen trieben sich im zwielichtigen Rotlichtmilieu rum."

Sybille guckte erstaunt.

„Wie jetzt? Strafbar? Man kann doch nichts dafür, wen man liebt."

„Ja, Kindchen, das war früher so und deshalb durfte so etwas auch nicht ans Licht kommen."

Die junge Frau war ernsthaft entsetzt.

„Das muss ich erst mal verdauen", antwortete sie. „Hast du etwas rausfinden können?"

„Ich habe eine Anfrage ans Einwohnermeldeamt gemacht, aber bis jetzt noch keine Rückmeldung bekommen. Ich hoffe auf positive Nachrichten."

Am nächsten Morgen trieb Mia ihren Max mit übertriebener Eile an, sein morgendliches Geschäft zu verrichten. Heute hatte sie keine Ruhe zu warten, bis Max den richtigen Baum gefunden hatte. Heute wollte sie doch mit Gerlinde zusammen Luise Stegemann einen Besuch abstatten.

Sie putzte sich ordentlich heraus und griff nach dem Telefon:

„Guten Morgen Gerlinde, hier ist Mia. Wann soll ich dich abholen?"

Gerlinde druckste am anderen Ende herum.

„Ach weißt du Mia, es ist doch wohl nicht so eine gute Idee. Weißt du, ich kenne die Luise ja gar nicht richtig ... Gestern nach deinem Aufgesetzten sah es anders aus."

Sie machte eine Pause.

Mia stockte der Atem. Das durfte doch wohl nicht wahr sein. Wollte die etwa einen Rückzieher machen?

„Wie meinst du das, Gerlinde?", zischte Mia.

„Der Alkohol Mia, der Alkohol ... Ich hätte es euch auch gar nicht erzählen dürfen. Mama wird sich im Grab umdrehen und sie war Papa immer treu!"

„Du hast ja auch gar nichts anderes behauptet", gab Mia zurück. „Aber wir können doch die Luise besuchen. Meinst du nicht, sie hat ein Recht drauf, zu erfahren, was hier gerade passiert? Außerdem kann ich gar nicht mehr schlafen. Immer tauchen die Bilder von dem Gerippe vor mir auf."

„Nee Mia, lass mal. Weißte, ich will damit nichts zu tun haben. Ich hätte nichts trinken sollen."

Gerlindes Stimme hörte sich bedenklich weinerlich an.

„Dann lassen wir es eben. Auf Wiederhören, Gerlinde."

Wutentbrannt schmiss Mia den Hörer auf die Gabel.

„Blöde Gans!"

Aber Mia wäre nicht Mia Schulte, wenn sie nicht eine neue Idee hätte. So kurz vorm Ziel konnte sie doch nicht aufgeben. Auf und ab marschierte sie durch ihre Küche, fluchte laut vor sich hin, war aber nicht bereit aufzugeben.

Plötzlich hatte sie einen Einfall.

Schnell suchte sie das Telefonbuch.

Seniorenstift, Seniorenresidenz ... meine Güte, wie viele Einrichtungen gab es denn in Münster? Hastig las sie die Einträge und dann hatte sie auch das richtige Haus gefunden.

„Guten Tag. Mia Schulte ist mein Name. Ich habe da mal eine Frage."

Die Dame am anderen Ende hörte geduldig zu, was Mia ihr zu erzählen hatte.

„Genau", schrie Mia in den Telefonhörer. „Ich habe gedacht, dass es für ihre alten Leutchen prima ist, wenn so eine alte Schachtel wie ich sie ehrenamtlich besuchen komme. Dann können wir vielleicht ein bisschen Platt küern. Wissen Sie, ich hab ja auch wat davon, dann ist mir nicht so langweilig. Ach 'nen Vertrag brauch ich nicht. Wissen Sie was, ich komm' gleich mal vorbei.

Tschüsskes."

Schwungvoll legte Mia auf. Das ging ja besser als gedacht.

„Mäxchen, du musst heute mal alleine bleiben. Wenn ich nachher wiederkomm', dann bring ich dir auch was Feines mit."

Schnell holt sie ihren alten Mercedes aus der Garage, winkte Sigrid zu, die gerade einkaufen gehen wollte und rief: „Wichtken, heute hab' ich keine Zeit. Aber die Kinners sind ja im Kindergarten, dann schaffst du das schon."

Mit diesen Worten fuhr sie schwungvoll um die Ecke.

Sigrid starrte ihr nach.

„Wie gut, dat dat Wichtken nix von meinen neuen Plänen weiß." Mia ahnte, dass Sigrid und Hubertus sicherlich nicht so ganz einverstanden wären.

Mia genoss die Ausfahrt mit ihrem betagten Benz sehr. Langsam fuhr sie am Allwetterzoo vorbei in Richtung Aasee. In einer Nebenstraße lag die Senioreneinrichtung. Direkt vor dem Haupteingang fand Mia einen Parkplatz. Beschwingt stieg sie aus, richtete ihren Rock und stiefelte gut gelaunt auf die Rezeption zu.

„Tach Fräulein. Ich bin's, die Mia Schulte. Hatten wir telefoniert?"

„Ja", antwortete die Mitarbeiterin. „Das ging aber schnell. Frau Schulte, wir müssen zuerst einmal ein paar Dinge besprechen."

„Papperlapapp", sagte Mia resolut. „Sie sagen mir, wo der Aufenthaltsraum ist und vorstellen kann ich mich men selbst."

„Wenn Sie meinen".

Es kann ja nicht schaden, wenn mal ein bisschen Stimmung aufkommt, dachte die Rezeptionistin und schickte Mia in die erste Etage. Das Frühstück war lange beendet und so wartete man auf das Mittagessen. Tagein, tagaus ging das so. Ein bisschen Abwechslung würde jedem Bewohner guttun.

Mia nahm die Treppe und stürzte in den Aufenthaltsraum.

„Tach auch", strahlte sie in die Runde. „Ich bin Mia und wollte euch mal besuchen!"

Erstauntes Gemurmel wurde laut.

„Ich weiß schon, ihr kennt mich nicht, aber das kann man ändern."

„Willst du hier einziehen?", fragte eine grauhaarige, kleine Frau.

„Jetzt noch nicht, aber ich kann euch doch schon mal kennenlernen."

„Aber die Jüngste bist du ja auch nicht mehr", zischte eine dicke Dame zwischen schmalen Lippen hervor.

„Stimmt", lachte Mia, „aber noch ganz schön fit. Kommt, wir machen mal ein Vorstellungsspielchen."

Die meisten der Senioren drehten sich weg, sie wollten ihre Ruhe haben.

Nur zwei Frauen und ein Mann guckten Mia erfreut an.

„Dann starte ich mal", sagte Mia und begann auch sofort zu erzählen.

Der ältere Herr schloss sich an, die beiden Damen berichteten ebenfalls, als sich die Tür öffnete.

„Luise", rief der Mann, „schau mal, wir haben Besuch, erzähl doch auch du, wer du bist und wo du herkommst."

„Warum?", fragte die Angesprochene mürrisch.

„Weil es Spaß macht", erklärte Mia.

„Wenn es sein muss. Also, ich bin Luise Stegemann und wohne seit einigen Jahren hier im Heim. Mein Gatte ist verstorben, Kinder hatten wir keine und so ..."

Der Name ließ Mia aufhorchen.

Sie frohlockte. Besser konnte es nicht laufen. Nun musste es ihr nur gelingen, Luise aus der Reserve zu locken.

Geschickt fing Mia an zu berichten, wo sie jetzt lebte.

Wie gehofft, horchte Luise Stegemann auf und fragte genauer nach.

Freudig sagte sie: „Da habe ich vor langer Zeit gelebt. Früher war in dem Haus eine Apotheke. Dort habe ich mit siebzehn Jahren eine Ausbildung begonnen.

„Wirklich?", entgegnete Mia und tat erstaunt.

„Dann wird es dich interessieren, was ich zu erzählen habe."

Zögernd schaute Mia sich um.

„Erzähl ruhig", ermutigte Luise sie, „die anderen interessiert es doch nicht."

Mia senkte ihre Stimme und berichtete Luise im Flüsterton. Sie erzählte von Max, davon, dass er immer gegraben hat und wie sie eines Tages den Küchenboden aufgestemmt hatte.

Ungläubig lauschte Luise der fremden Frau.

„Das gibt es doch nicht!", entfuhr es ihr.

„Wenn ich das richtig verstanden habe, dann war da, wo heute eure Küche ist, früher unser Laboratorium."

„Du kennst also wirklich unser Haus?", staunte Mia hinterhältig.

„Dann erzähl doch mal ein bisschen aus der damaligen Zeit."

Das ließ Luise sich nicht zweimal sagen.

Sie fing an zu erzählen: „1956 kam ich in die Lehre. Meine Eltern waren damals sehr froh, dass ich eine so gute Stelle bekam. Damit hatten sie nicht gerechnet, denn mein Abschlusszeugnis war nicht so überragend. Aber der Herr Höping hat immer gesagt, jeder hätte eine Chance verdient. Leider hat er mir immer nachgestellt, und als ich meinen Mann kennenlernte, habe ich ganz schnell gekündigt und wir haben dann ja auch bald geheiratet. Weißt du, dann brauchte ich auch gar nicht mehr zu arbeiten. Der Alfons wollte das auch nicht und er brachte genug Geld mit nach Hause."

Aufmerksam hört Mia zu.

„Warst du die einzige Angestellte?", fragte sie.

„Ja, deshalb hatte der ja auch ein leichtes Spiel, es gab keine Zeugen. Und meine Eltern hätten mir niemals geglaubt. Was meinst, wie froh ich war, als ich den Alfons kennenlernte." Allerdings kam abends immer eine junge Frau, die unsere Apotheke putzte. Aber ich erinnere mich nicht mehr so genau."

„Was war denn mit den anderen Räumen? Das Haus ist doch riesig."

„Ach, die wurden nach und nach ausgebaut. Unter anderem sind dort drei Ordensschwestern eingezogen. Die Obernonne, Schwester Maria Auguste, war so ein richtiger Drachen. Sie hatte die beiden jungen Schwestern, die nur wenig älter waren als ich, gut im Griff. Soweit ich weiß, ist sie aber bereits 1987 verstorben. Da muss sie so um die 83 Jahre alt gewesen sein. Die anderen waren 1957, als sie einzogen, noch Novizinnen. Schwester Illuminata müsste so um die 78 Jahre alt sein und lebt, soweit ich weiß, hier in Münster im Mutterhaus. Da gibt es so eine Art Altenheim für alte Nonnen. Die andere Schwester Ricarda ist irgendwann in die Mission nach Afrika gegangen. Sie war von heute auf morgen weg. Ich glaube, dass sie Krach mit Maria Auguste hatte. Aber da ist nie drüber gesprochen worden. Ich habe mich mit den beiden jüngeren Schwestern gut verstanden."

Mia konnte ihr Glück gar nicht fassen. Das lief ja noch viel besser, als sie erwartet hat.

Sie erzählte jetzt auch noch ein bisschen von sich, damit ihr Interesse nicht zu auffällig war. Viel zu schnell verging die Zeit und der Gong, der die Bewohner zum Mittagessen rief, erklang.

„Ich muss jetzt gehen", sagte Luise traurig. So einen unterhaltsamen Vormittag hatte sie lange nicht mehr gehabt.

„Ich komme gerne wieder", lächelte Mia, „wo wir doch festgestellt haben, dass wir so viele Gemeinsamkeiten haben."

„Ich würde mich sehr freuen", antwortete Luise.

Beschwingt verließ Mia das Altenheim. Fröhlich winkte sie der Dame an der Rezeption zu und sagte: „Bis bald!"

Die wollte noch fragen, wie es denn gewesen ist, doch Mia hatte schon das Haus verlassen.

Im Auto drehte sie das Radio laut und fuhr gut gelaunt nach Hause.

Viele Gedanken gingen ihr durch den Kopf und sie beschloss, daheim erst einmal einen starken Kaffee zu kochen und ihre Neuigkeiten in ihr Büchlein zu schreiben.

Max begrüßte sein Frauchen, als ob sie wochenlang weg gewesen wäre. Er war es nicht gewohnt, so lange alleine zu bleiben.

Sigrid hatte gesehen, dass Mia zurückgekommen war, und wollte sich erkundigen, wo die alte Dame denn gewesen war.

Mia fand die Nachfrage doch sehr lästig.

„Wichtken, ich habe eine alte Freundin besucht, weißt du, das wurde mal wieder Zeit. Heute Nachmittag fahre ich mit Max mal zu Onkel Jupp auf den Friedhof. Ich glaube, da muss mal dringend 'klar Schiff' gemacht werden. Das ist doch in Ordnung für dich?"

„Natürlich Tante Mia. Die Jungs sind heute Nachmittag verabredet und ich wollte noch etwas arbeiten."

„Mach das men", murmelte Mia in Gedanken versunken. „Ich koch dann später."

„Okay."

„Ach, Wichtken, hör' mal, hat der Herr Kommissar schon was gesagt, wann ihr eure Küche wieder reparieren könnt?"

„Nein, hat er nicht. Die Spurensicherung ist zwar abgeschlossen, aber noch haben wir kein grünes Licht. Hubertus wollte ihn heute mal anrufen."

„Dann soll er mal herkommen", Mia sagte das nicht ohne Hintergedanken.

„Ich denke, sie können das auch am Telefon regeln."

„Er soll ruhig herkommen und sich noch einmal anschauen, was er angerichtet hat."

Mia wollte den Kommissar doch zu gerne treffen, um ihre Ermittlungen an den Mann zu bringen.

Erstaunt schaute Sigrid ihre Kinderfrau an.

„Ist doch besser!"

„Tante Mia, eigentlich hast du die Küche zerstört."

„Aber nicht so dolle ..."

Mia erinnerte sich, dass sie nun zum Friedhof fahren wollte und beförderte Sigrid sehr bestimmt nach draußen.

Zuerst ließ sie sich noch einmal am Esstisch nieder und sortierte die Fakten, die sie erfahren hatte. Danach schnappte sie sich Max' Leine. Der freute sich und sprang munter durch die Gegend und war nicht begeistert, dass sein Frauchen ihn in das Auto zwingen wollte. Beherzt griff Mia zu, und bevor sich der Hund versah, saß er auf der Rückbank und die beiden sausten los.

„Da bin ich ja mal gespannt, was der Jupp zu seiner Mia sagt."

So ganz sicher war sie sich nicht, dass er ihre Aktionen guthieß, aber sie musste doch herausfinden, wer die Tote war und wer sie um die Ecke beziehungsweise unter den Küchenfußboden gebracht hatte und Geheimnisse wollte sie vor ihrem Ehemann auf keine Fälle haben.

Sie hielt noch kurz vor einer Gärtnerei an, um Jupp ein Blümchen mitzubringen, und mit Gießkanne, Hacke und Handfeger bewaffnet, kam sie an Jupps letzter Liegestätte an.

„Tach Jupp. Ich muss dir was erzählen."

Max hatte es sich am Rande des Grabes bequem gemacht, und während Mia Unkraut zupfte und es ihrem Jupp schön machte, berichtete sie.

14. Kapitel

Kommissar Piepenbrock war guter Dinge. Gerade hatte er einen Anruf bekommen, dass Frau Luise Stegemann wirklich noch in Münster wohnte. Sie war vor einigen Jahren in ein Altenheim gezogen. Zusammen mit Sybille wollte er ihr heute einen Besuch abstatten.

Quer durch die Stadt fuhren sie, bis sie am Aasee ankamen. In einer Seitenstraße fanden sie einen Parkplatz und die wenigen Meter liefen sie zu Fuß.

An der Rezeption wurden sie herzlich begrüßt und brachten ihr Anliegen vor.

„Frau Stegemann lebt in Appartement 52. Sie müsste eigentlich zu Hause sein. Soweit ich weiß, hat sie keine Angehörigen mehr. Auf alle Fälle bekommt sie recht selten Besuch. Soll ich Sie anmelden?"

„Das wäre sehr nett."

Sybille lächelte. Piepenbrock war eher ungeduldig. So ein Altenheim gefiel ihm nicht. Er war nicht mehr der Jüngste, und die Vorstellung, in solch einer Einrichtung zu enden, behagte ihm nicht besonders.

Sie liefen über die Treppe in die erste Etage und wurden von Frau Stegemann schon erwartet.

„Polizei?", fragte sie aufgeregt. „Was habe ich mit der Polizei zu tun?"

„Keine Sorge", beruhigte Piepenbrock die Frau. „Wir ermitteln und haben nur ein paar Routinefragen an Sie."

„Höflich bat Frau Stegemann die Beamten in ihr bescheidenes Heim.

106

Als sie den Grund des Besuchs hörte, bekam sie große Augen.

„Sie sind schon die Zweiten, denen ich heute von meiner Lehrzeit in der Brunnenapotheke berichte."

„Wie?", fragte der Kommissar erstaunt. „Wem haben Sie noch davon erzählt?"

„Ach wissen Sie, heute Morgen kam überraschend eine ältere Frau hier ins Heim zu Besuch. Wir sind ins Gespräch gekommen und da hat sie mir von dem Skelett erzählt. Sie hat es gefunden."

„Mia Schulte!"

„Ja, das war ihr Name."

Frau Stegemann schaute die Polizisten erstaunt an.

„Sie kennen sich?"

„Leider", brach es aus Piepenbrock. Sybille konnte sich ein Kichern nicht verkneifen.

„Chef, da war die alte Dame wohl schneller als wir."

„Das geht doch gar nicht! Erst gräbt sie dieses Gerippe aus und nun pfuscht sie uns in die Arbeit. Ich glaube das nicht."

Piepenbrock war sehr ungehalten.

Sybille eher amüsiert.

Dennoch führten sie die Befragung sehr gewissenhaft durch. Luise Stegemann gab alle Antworten auf die Fragen, die gestellt wurden.

Sie behielt nur für sich, dass sie sich mit Mia noch einmal verabredet hatte. Sie wurde das Gefühl nicht los, dass es besser sei.

Nach einer halben Stunde verabschiedeten sich die Beamten.

Als sie wieder am Auto waren, platzte es aus Piepenbrock raus: „Wir fahren jetzt zu Frau Schulte. Die kann sich auf was gefasst machen."

Sybille dachte, dass sie nicht in Mias Haut stecken möchte. Sie schätzte ihren Vorgesetzten sehr, aber wenn er so wütend war, war nicht gut Kirschen mit ihm essen.

Dennoch stieg sie ins Auto und in schneller Fahrt ging es los.

Sigrid sah durch das Wohnzimmerfenster die Polizisten ankommen und lief zur Tür.

„Bringen Sie gute Nachrichten? Können wir unsere Küche wieder instand setzen?"

„Eigentlich möchten wir zu Frau Schulte", erwiderte Piepenbrock grimmig statt eines Grußes.

„Die ist nicht da. Sie wollte ihren Mann auf dem Friedhof besuchen. Kann ich Ihnen vielleicht helfen?"

„Wann kommt sie wieder?"

„Das kann nicht mehr so lange dauern", vermutete Sigrid. „Wollen Sie vielleicht hereinkommen und hier warten?"

„Das ist vielleicht das Beste", sagte Sybille.

„Ist etwas passiert?", fragte Sigrid.

„Wie man es nimmt", polterte Piepenbrock los und berichtete, was passiert war.

Sigrids Gesichtsfarbe wechselte von rot zu weiß und zurück zu rot.

„Das gibt's doch nicht", murmelte sie.

„Doch", antwortete Piepenbrock mit einem leicht drohenden Unterton, „das gibt es sehr wohl, Ihre Tante ist für Überraschungen gut."

Sigrid murmelte halbherzig eine Entschuldigung.

„Lassen Sie es gut sein. Sie können ja nichts dafür. Irgendwie sind Sie ja auch gestraft genug."

Piepenbrock feixte.

„Darf ich Ihnen wenigstens etwas anbieten, um die Wartezeit zu verkürzen?"

„Ein Glas Wasser wäre prima", sagte Sybille und Piepenbrock schloss sich dem Wunsch an.

„Da wird einiges auf Sie zukommen", versuchte die Polizistin ein unverfängliches Gespräch zu beginnen und deutete auf die Küchentür.

„Ja, leider", seufzte Sigrid. „Manchmal weiß ich wirklich nicht, was in Tante Mia vorgeht. Auf der anderen Seite ... die ganze Zeit über einem Skelett zu wohnen ..."

„Aber das hätten Sie nicht gewusst. All die Jahre ist es niemandem aufgefallen."

In diesem Augenblick schellte es sehr energisch an der Haustür.

„Das wird sie sein", sagte Sigrid und eilte, um zu öffnen. Bevor sie Tante Mia vorwarnen konnte, plapperte diese munter los: „Wichtken, der Jupp, der is' mir men gar nicht böse. Im Gegenteil, er findet es gut, dass ich der Sache auf den Grund gehe ..."

Sigrid versuchte, den Redefluss der alten Dame zu stoppen. Aber wenn Mia einmal loslegte, war es schwer, ein Wort dazwischenzubekommen.

„Aber ich bin Ihnen sehr, sehr böse", rief Piepenbrock dazwischen.

„Wer ist denn da?", wollte Mia wissen.

Sigrid räusperte sich: „Der Kommissar und seine Mitarbeiterin sind da."

„Tach", freute Mia sich und schüttelte kräftig Hände. „Ich muss Ihnen mal was erzählen."

„Nein, müssen Sie nicht. Frau Schulte, was fällt Ihnen ein, sich in unsere Angelegenheiten zu mischen?"

„Ich hab mich doch nicht eingemischt, Kommissarchen. Ich habe doch nur die Luise Schmitt besucht. Das ist so eine arme alte Frau. Nie bekommt sie Besuch und Kinder hat sie auch keine."

Voller Mitleid schaute sie Piepenbrock mit großen Augen an.

„Frau Schulte, das geht nicht! Sie können nicht unsere Ermittlungen stören."

„Was denn? Wieso stören? Ich sagte doch, ich habe nur einen Besuch im Altenheim gemacht. So von alter Frau zu alter Frau."

Piepenbrock schüttelte den Kopf. Sie würde ihn noch in den Wahnsinn treiben.

„Wichtken, gibt es keinen Kaffee? Nur Kraneberger?"

„Tante Mia, wir treffen uns hier nicht zum Kaffeeklatsch. Bitte hör dir an, was die Polizei dir sagt und höre in Gottes Namen auf, dich in deren Arbeit einzumischen. Hörst du?"

„Jaja", antwortete Mia.

„Was meinst du, was Hubertus sagen wird, wenn er es erfährt?"

„Ich kann besuchen, wen ich will!", schmollte Mia.

„Frau Schulte, hiermit erteile ich Ihnen offiziell das Verbot, auf eigene Faust Ermittlungen anzustellen bezüglich des hier aufgefundenen Skeletts."

„In Ordnung", lenkte Mia ein und dachte, ohne mich hättest du die Knochentante überhaupt nicht.

„Frau Schulte Althoff, Ihnen kann ich mitteilen, dass Sie Ihre Küche wieder reparieren können. Unsere Mitarbeiter haben ihre Arbeit abgeschlossen. Vieles haben sie nicht gefunden, aber immerhin ein paar winzige Stofffasern. Doch die Untersuchungen laufen noch."

„Das wird meinen Mann freuen", erwiderte Sigrid und warf Mia einen Blick zu.

„Dann können wir ja auch bald hier wieder kochen. Wird ja auch Zeit. Ich hab' ja nicht so viel kaputtgemacht."

Ein vorwurfsvoller Blick streifte den Kommissar.

110

„Die alte Schachtel bringt mich ins Grab", dachte er und erhob sich vom Stuhl.

„Frau Schulte, Sie wissen Bescheid!"

Mit diesen Worten verließen die beiden Beamten das Haus.

Sigrid versuchte, Tante Mia ebenfalls ins Gewissen zu reden.

Aber sie wurde das Gefühl nicht los, dass die alte Dame gar nicht richtig zuhörte.

Noch im Auto überlegte Piepenbrock, wie es nun weitergehen sollte.

Auch Tante Mia machte sich so ihre Gedanken. Selbstverständlich würde sie Luise wieder besuchen. Es wäre doch sonst gemein. Sie hatte es doch schließlich versprochen. Am besten würde sie es gleich morgen tun. Manche Dinge sollte man nicht auf die lange Bank schieben.

Nachdem sie diesen Entschluss gefasst hatte, ging es ihr besser und sie traute sich durchaus zu, Hubertus Rede und Antwort zu stehen. Schließlich wollte der doch immer, dass sie Kontakt zu Gleichaltrigen aufbaut.

Trotzdem reichte sie am Abend einen großen Topf „Himmel und Erde" rüber, verabschiedete sich schnell mit den Worten, sie sei sehr müde. Manchmal war es einfach klüger, Diskussionen aus dem Weg zu gehen.

Sigrid hatte so vorsichtig wie nur möglich versucht, Hubertus in Kenntnis zu setzen.

„Schatz, wir können unsere Küche wieder fertigmachen. Die Polizei hat sie heute freigegeben."

Im Nebensatz berichtete sie, dass Tante Mia Luise Stegemann besucht hatte.

Hubertus explodierte wie erwartet, und es war genau die richtige Entscheidung Mias gewesen, heute Abend einmal alleine zu essen.

Am nächsten Morgen sah die Welt aber schon wieder anders

111

aus. Mia hatte sehr gut geschlafen. Beim Frühstück machte sie sich erneut Notizen, wie sie denn nun weiter vorgehen wollte. Natürlich würde sie ein wenig vorsichtiger sein, aber mit Luisken, wie sie die neue Freundin in Gedanken nannte, ein bisschen über alte Zeiten zu klönen, das konnte ja nicht verboten sein. Und sie – Mia Schulte – konnte doch so gar nichts dafür, dass Luisken mal in der alten Schule gearbeitet hatte.

„In unserem Alter muss man die wenigen Kontakte, die man noch so hat, pflegen", sagte sie laut und hoffte inbrünstig, dass Luise noch Kontakte hatte, die sich zu pflegen lohnten.

Als Erstes brachte sie die Jungs zum Kindergarten, denn Max musste ja auch noch ein bisschen raus und dann machte sie sich bei strahlendem Sonnenschein auf den Weg.

„Morgen Luise, da bin ich wieder", begrüßte sie die alte Frau, die im Gemeinschaftsraum saß.

„Frau Schulte?"

„Nix, Frau Schulte. Ich bin Mia. Wir wollen doch Freundinnen sein, oder?"

Misstrauisch schaute Luise Stegemann Tante Mia an.

„Komm schon. Ich habe versprochen, dich zu besuchen. Und siehst du, hier bin ich."

„Gestern war ein Kommissar da ..."

„Ich weiß", strahlte Mia und schmiss sich in den Sessel neben Luise.

„Das ist doch 'nen Freund von mir. Mir hat er schließlich dieses wunderbare Skelett zu verdanken."

„Er schien aber nicht wirklich darüber erfreut, dass ich mit dir gesprochen habe", wandte Luise ein.

„Papperlapapp", winkte Mia ab, „der kann es nur nicht haben, wenn ich schneller bin als er."

„Und nun, Luisken, erzähl doch mal ein bisschen aus deiner Lehrzeit."

112

„Was willst du denn wissen?"

„Alles", ermunterte Mia ihr gegenüber, „aber am liebsten was über die Nonnen."

„Da gibt es nicht viel zu erzählen. Ich habe mich mit den beiden jüngeren Ordensschwestern immer gut verstanden. Manchmal haben wir uns abends getroffen und sogar mal ein Glas Wein getrunken. Aber das durfte natürlich niemand wissen. Schade, dass sie dann plötzlich weg waren.

Luise schaute ganz traurig.

„Weißt du denn, was aus ihnen geworden ist?"

„Das habe ich dir doch schon beim letzten Mal erzählt."

„Stimmt", erinnerte Mia sich. „Aber du sagtest doch auch, dass Schwester Illuminata noch leben würde."

„Das könnte sein", antwortete Luise, „aber genau weiß ich das nicht."

„Dann wird es Zeit, dass wir es herausfinden."

„Mia, meinst du, dass das richtig ist?"

„Klar, du willst sie doch gerne wiedersehen, oder etwa nicht?"

„Doch, eigentlich wäre es sehr schön."

„Siehst du. Ich helfe dir doch bloß dabei. Nun sag schon, wo meinst du, könnten wir sie finden?"

„Am anderen Ende der Stadt gibt es doch das große Kloster. Das ist das Mutterhaus der Schwestern. Soweit ich weiß, gibt es dort eine Station für alte Nonnen. Wir sollten dort einmal nachfragen."

„Kein Problem", grinste Mia und zog zum Entzücken der Freundin ein Handy aus der Tasche.

„So was braucht man heute", erklärte Mia und wählte beherzt die Nummer der Auskunft.

Wenig später hatte sie die richtige Rufnummer.

Obwohl sie sie mehrfach richtig eingab, kam keine Verbindung zustande. Immer sagte eine Stimme: „Die Rufnummer ist nicht vollständig."

„Was ist das denn für ein Mist?", fragte Mia sich und versuchte es erneut.

15. Kapitel

Tante Mia hatte derweil festgestellt, dass es unbedingt vonnöten war, die Vorwahl einzugeben, damit eine Verbindung zustande kam.

„Mia Schulte", meldete sie sich, als am anderen Ende jemand das Gespräch entgegennahm.

„Ich bin auf der Suche nach Schwester Illuminata. Wissen Sie, ich sitze gerade bei einer gemeinsamen Freundin und mein Luisken vermisst die Nonne so sehr. Sie haben früher einmal in einem Haus gearbeitet. Also die Nonne als Nonne und Luise als Apothekenhelferin."

Dann schwieg Mia für eine Weile und hörte aufgeregt zu.

„Ja gerne, so können wir es machen. Vielen Dank."

„Was ist los?", fragte Luise.

„Momentchen", sagte Mia und zückte ein blütenreines Taschentuch, das mit feinen Spitzen umhäkelt war, und tupfte sich über die Stirn.

„Das ist ja 'nen Ding. Luisken, stell dir vor, der Kommissar war schneller als wir."

„Wie schneller?"

„Er war mit seinem Wichtken zusammen heute schon im Mutterhaus. Hat er wohl das Gleiche rausgefunden wie ... Aber ..." Mia machte eine bedeutsame Pause: „Aber er hat sich gleich unbeliebt gemacht. Das kann er gut. Ich sag' ja nur ‚unsere Küche'. Ich weiß ja nicht genau, was da vorgefallen ist, aber diese Obernonne schien gar nicht gut auf ihn zu sprechen. Nun denn, wir dürfen auf alle Fälle deine Nonne morgen besuchen. Ist ja auch was anderes, wenn eine alte Freundin auftaucht als die Polizei persönlich."

Luise schaute ihre neue Freundin zweifelnd an.

„Meinst du wirklich, dass es in Ordnung ist? Ich weiß ja nicht."

„Wieso? Du willst doch deine alte Freundin sehen oder irre ich mich? Ich mache das alles nur für dich."

Luise, die fürchtete, Mia wieder zu verlieren, stimmte ergeben zu. Es wäre ja auch wirklich schön, Illuminata nach so vielen Jahren wiederzusehen.

„Dann fahre ich jetzt mal fix nach Hause", erklärte Mia und verabschiedete sich.

Im Hause Schulte Althoff waren die Handwerker schwer am Arbeiten. Nachdem Sigrid ihnen erzählt hatte, warum die Küche in so einem Zustand war, hatten sie sich direkt ans Werk gemacht. Allerdings waren sie auch schon ein wenig gespannt auf die alte Dame, die kurzerhand einen Küchenboden aufriss.

Mia tat ihnen den Gefallen und tauchte höchstpersönlich auf.

„Tach", rief sie beim Betreten des Hauses, „Wichtken, ich bin wieder im Lande."

„Tante Mia, wo warst du?"

„Ich hab dir doch gesagt, ich hab' mich mit der Luise Stegemann angefreundet. So eine arme alte Frau. Keine Kinder, keine Verwandtschaft, alles schon weggestorben, keine Freunde. Da muss ich mich doch ein bisschen kümmern."

Mia grinste Sigrid an.

„Mia!!! Du sollst dich raushalten!"

„Was mach ich denn?" Mia schaute unschuldig.

„Du weißt genau, was ich meine."

„Papperlapapp."

Die Handwerker hatten ihre Arbeit unterbrochen, das Gespräch wollten sie sich nicht entgehen lassen.

„Junge Frau", sagte er eine und bot Mia die Hand, „Sie haben den Boden hier aufgerissen?"

„Nee, so stimmt das ja nicht. Wisst ihr was, Jungs, ich koch uns mal 'nen Kaffee und dann erzähl ich euch die ganze Geschichte. Weil eigentlich ist der Herr Kommissar schuld und nicht ich."

Im Kommissariat in Münster stagnierten derweil die Ermittlungen. Piepenbrock glaubte, dass aus Illuminata nichts herauszufinden sei, Sybille hingegen war der festen Überzeugung, dass man einfach nur mehr Fingerspitzengefühl beweisen sollte. Außerdem wollte sie noch einen Termin mit der Mutter Oberin vereinbaren.

Tante Mia hatte Kaffee gekocht und erzählte in den buntesten Farben die Geschichte, warum sie den Boden aufgerissen hatte und was danach alles geschah. Sie hatte allerdings nicht mit bekommen, dass der Hausherr inzwischen ebenfalls gekommen war. Als sie es bemerkte, fiel ihr siedendheiß ein, dass sie sich um das Abendessen kümmern sollte.

„Jungs, jetzt aber mal wieder ans Werk. Mehr gibt es auch gar nicht zu erzählen." Mit einer Handbewegung scheuchte sie die Männer auf und wollte sich an Hubertus vorbeischleichen.

„Stopp, Maria!"

„Hallo Hubertus. Du schon hier?"

„Allerdings. Und was muss ich hören? Du findest schon heraus, wer die Tote ist und wer sie umgebracht hat? Reicht es denn immer noch nicht, was du angerichtet hast? Außerdem halte die Arbeiter doch nicht auf! Die Küche soll wieder fertig werden."

„Ist gut Hubsi. Ich mein doch nur." Bevor Hubert noch etwas sagen konnte, hatte sie wieselschnell die Baustelle verlassen.

Sybille hatte der Oberin einen Termin für den nächsten Tag abringen können. Erst wollte sie nicht, aber sie ließ sich überzeugen, dass sie um eine Befragung so oder so nicht herumkäme.

117

Mia juckte es in den Fingern. In ihrer eigenen Küche suchte sie ihr Notizbuch und ließ sich alles noch einmal durch den Kopf gehen. Plötzlich hat sie einen Einfall.

„Gerlinde", schreit sie ins Telefon. „Gerlinde, ich bin's, die Mia. Nee, ich bin dir nicht mehr böse. Du sag mal, gibt es eigentlich noch Freunde von diesem Apotheker. Wie hieß er gleich noch? Richtig, Heribert Höping. Wie? Du kennst noch einen persönlich? Mensch und das sagst du mir erst heute?"

„Du hast ja auch nicht gefragt."

„Wie heißt denn der?"

„Erich Nordhoff. Er wohnt hier im Dorf und ist bestimmt schon weit über 90."

„Egal, den besuchen wir jetzt."

„Jetzt?"

„Ja", antwortete Mia, „komm du her, dann gehen wir zusammen zu ihm."

Gerlinde war froh, dass Mia nicht nachtragend war, und machte sich sofort auf den Weg. Noch einmal wollte sie sie nicht verärgern.

Kurz darauf waren die beiden alten Damen auch schon bei Erich Nordhoff angelangt.

„Was willst du denn sagen, was wir wollen?", flüsterte Gerlinde. Doch Mia hatte bereits geklingelt.

Erich Nordhoff öffnete die Tür.

„Ja bitte?"

„Herr Nordhoff. Guten Tag. Mein Name ist Mia Schulte und das hier ist Gerlinde König. Sie hat mir erzählt, dass Sie Herrn Höping gut kennen und da wollte ich Sie gerne kennenlernen. Wissen Sie, ich bin doch die arme alte Frau, die das Skelett gefunden hat bei uns in der Küche, was früher mal das Laboratorium Ihres Freundes war."

„Aha", schmunzelte der alte Herr, „dann kommen Sie mal rein. Die Polizei war auch schon da."

„Echt?", fragte Mia und schubste Gerlinde über die Schwelle.

„Was kann ich für Sie tun? Gerlinde, wie geht es dir? Ach, ich weiß noch, als du so klein warst und jetzt bist du auch schon eine richtig alte Frau."

„Das sagt ja der Richtige", dachte Mia, „so ein alter Knacker", und schenkte ihm ihr schönstes Lächeln.

„Ja Ihr Fund hat sich schnell hier im Dorf herumgesprochen", fuhr Nordhoff fort.

Das war Mias Stichwort und es sprudelte nur so aus ihr raus. Erich fand Gefallen an den Erzählungen und lud die beiden Damen ein, ein Gläschen mit ihm zu trinken.

Entsetzt wehrte Gerlinde sofort ab, aber Mia sagte nicht Nein.

Mit jedem Glas wusste Nordhoff ein bisschen mehr zu berichten. Heribert Höping war sein bester Freund gewesen. So manche Anekdote erzählte er und Mia fing an, sich zu langweilen.

„Das hier bringt mich nicht weiter", musste sie sich eingestehen und befand, dem Ganzen ein Ende zu bereiten.

„Gerlinde, ich glaube, es wird Zeit, dass wir gehen. Danke Herr Nordhoff für Ihre Gastfreundschaft. Aber für uns alte Tanten wird es Zeit, und ich glaube, für Sie auch." Mia kniff ihm ein Auge zu, und ehe sie sich versah, hauchte der Alte ihr ein Küsschen auf die Wange.

„Beehren Sie mich bald wieder", bat er, denn er war begeistert von Mia.

„Schauen wir mal", antwortete sie kokett und dachte: „ganz bestimmt nicht."

„Das war wohl nichts", stellte sie traurig fest, als sie schon wieder auf dem Heimweg waren.

„Aber lustig war es", meinte Gelinde.

„Naja, da gibt es Lustigeres."

119

Schweigend liefen die beiden nach Hause.

Die Handwerker hatten ganze Arbeit geleistet. Die Schulte Althoff Küche strahlte wie neu.

„Wow", freute sich Mia, als sie das Werk bewunderte.

„Dann können wir ja ab heute wieder hier kochen und essen."

Die drei Kinder umarmten ihre Kinderfrau und sie versprach, zur Feier des Tages eine große Schüssel Vanillepudding als Nachtisch zu kochen.

„Vor lauter Ermitteln komme ich zu gar nichts mehr", überlegte Mia. „Das Ganze muss mal zum Ende kommen."

Mit diesem Gedanken begann sie zu kochen und zauberte ein leckeres Essen, sodass selbst Hubertus etwas besänftigt war.

Als sie alle gut gesättigt und friedlich an dem Küchentisch saßen, schob Mia Hubertus einen Briefumschlag rüber.

„Mein Jung', guck mal rein, ob es für die Reparatur reicht."

Hubertus öffnete den Briefumschlag und bekam ganz große Augen.

„Tante Mia, das ist viel zu viel. Warten wir mal die Rechnung ab und dann schauen wir mal, wer was übernimmt."

Das Eis zwischen Hubertus und Mia schien wieder gebrochen zu sein.

Dennoch erhob er drohend den Zeigefinger und sagte: „Da nun die Küche wieder fertig ist, kannst du dich ja nun wieder dem Kochen widmen. Keine Polizeiarbeit mehr auf eigene Faust. Okay?"

„Okay", lachte Mia und schlug in die dargebotene Hand ein.

16. Kapitel

Piepenbrock war auch nicht untätig geblieben. Er hatte ebenfalls erfahren, dass eine der Nonnen noch lebte und sogar in Münster geblieben war.

Bevor Sybille es sich im Kommissariat gemütlich machen konnte, scheuchte er sie auf: „Wir fahren als Erstes zum Mutterhaus der Schwestern."

„Okay", sagte Sybille und packte schnell Schreibzeug in ihre Tasche.

Das alte Kloster lag etwas außerhalb der Stadt. Doch über die Umgehungsstraße hatten sie es in kurzer Zeit erreicht.

Um zum Haupteingang zu gelangen, mussten sie durch eine parkähnliche Anlage gehen. Direkt neben den Hauptwegen säumten rechts und links Gräber den Rasen.

Neugierig schaute Sybille auf die zum Teil schon recht verwitterten Grabsteine.

„Hier scheint aber schon lange beerdigt zu werden", staunte sie. „Guck mal Chef, geboren 1853."

„Soweit ich weiß, bestatten sie bis heute ihre Nonnen hier. Es ist einer der wenigen Friedhöfe, die erhalten worden sind. Der Zentralfriedhof gehört übrigens auch noch zu den ganz alten."

„Eigentlich ist es auch ganz schön", überlegte Sybille, „dort beerdigt zu werden, wo ich den größten Teil meines Lebens verbracht habe."

„Manche Nonnen sind aber auch weit weg vom Mutterhaus", gab Piepenbrock zu bedenken. „Zum Beispiel Ricarda. Die haben sie doch laut Frau Stegemann irgendwo nach Übersee geschickt."

„Stimmt", bestätigte Sybille, „aber ihre Wurzeln sind doch auch hier. Ob sie wohl hier ihre letzte Ruhe gefunden hat?"

„Das werden wir vielleicht auch erfahren. Übrigens gute Idee, da mal nachzuforschen." Piepenbrock schaute seine Mitarbeiterin lobend an.

Während dieser Unterhaltung waren sie zielstrebig auf das Hauptportal zugegangen. Eine mächtige braune Holztür verwehrte ihnen den Zutritt zum Gebäude. Eine moderne Klingel, die so gar nicht zu dem alten Gemäuer passte, stach ihnen ins Auge. Ohne zu zögern, drückte Sybille sie und wenige Augenblicke später schnarrte eine Stimme: „Ja bitte?"

„Guten Tag. Mein Name ist Sybille Hegemann und dies ist mein Kollege Piepenbrock. Wir kommen von der Münsteraner Kriminalpolizei."

Ein Türöffner schnurrte und das Portal öffnete sich.

Fragend stand eine Nonne hinter der Tür.

„Was führt sie zu uns?"

„Das ist eine längere Geschichte", begann Sybille.

„Wir suchen eine Schwester Illuminata", unterbrach Piepenbrock „und außerdem wüssten wir gerne etwas über den Verbleib von einer Schwester Ricarda."

„Eine Schwester Illuminata wohnt bei uns hier im Altenheim", erklärte die Nonne freundlich, „aber der Name Ricarda sagt mir nichts."

„Sie gehörte aber zu Ihrem Orden und hat in den fünfziger Jahren Gemeindearbeit in einem Dorf gemacht. Angeblich ging sie dann in die Mission und da verläuft sich für uns ihre Spur. Sie war gemeinsam mit Schwester Illuminata und einer weiteren Nonne, ich glaube Maria Auguste, tätig."

„Das tut mir leid. Die Namen sind mir völlig unbekannt, aber das war dann ja auch vor meiner Zeit. Aber wir haben eine sorgfältig geführte Chronik. Unsere Mutter Oberin wird Ihnen sicherlich gestatten, einen Blick hineinzuwerfen. Ich werde sie sofort verständigen."

„Machen Sie das!", antwortete Piepenbrock.

„Können wir derweil Schwester Illuminata einen Besuch abstatten?"

„Sie können es gerne versuchen. Nur es könnte etwas schwierig werden, wissen Sie, die Schwester ist schon sehr alt und ein wenig durcheinander."

„Wenn Sie wissen, was ich meine", fügte sie flüsternd hinzu.

„Sie meinen, sie ist ein bisschen durch den Wind?", fragte Piepenbrock laut und erntete einen bitterbösen Blick seiner Begleitung.

„Schwester ..." Sybille warf einen Blick auf das Namensschild, das sich am schwarzen Habit befand, „Schwester Brunhilde, es wäre nett, wenn wir Schwester Illuminata besuchen dürfen. Wir schauen dann mal. Vielleicht können Sie der Mutter Oberin dann Bescheid sagen, dass wir im Haus sind und auch noch einige Fragen an sie haben."

„Selbstverständlich", antwortete Brunhilde reserviert, strich ihr Ordenskleid glatt und zeigte auf die große Treppe: „Gehen Sie bis in das dritte Obergeschoss. Dort ist unser Altenheim. Schwester Illuminata finden Sie in Zimmer 5."

„Vielen Dank", sagte Sybille und lächelte freundlich.

„Mensch Piepenbrock, du kannst doch nicht so pampig werden. Durch den Wind ..." Sybille schüttelte verständnislos den Kopf. „Wir sind hier in einem Kloster!"

„Die sollten hier mal 'nen Aufzug einbauen lassen", schnaufte Piepenbrock und quälte sich langsam nach oben.

„Jeder Gang macht schlank", kicherte Sybille und gab zu, dass es schon ganz schön anstrengend sei.

Die beiden mussten vor Zimmer Nummer 5 erst einmal tief durchatmen. Sofort, nachdem sie angeklopft hatten, ertönte ein etwas zittriges „Herein".

„Renatchen?"

„Nein, hier ist nicht Renatchen", polterte Piepenbrock los.

Sybille trat ihm auf den Fuß.

„Guten Tag, Schwester Illuminata. Meine Name ist Sybille und das hier ist mein Kollege Piepenbrock."

„Sybille? Piepenbrock? Wo ist Renatchen?"

Piepenbrock verdrehte die Augen.

„Das hat keinen Zweck", raunte er Sybille zu.

„Abwarten", flüsterte sie zurück und wandte sich wieder der alten Ordensschwester zu.

„Wer ist Renatchen?", fragte sie vorsichtig.

Die Antwort war ein lautes Kreischen. Das war auch wohl vor der Tür gehört worden, denn diese wurde aufgerissen und ein junges Mädchen kam herein.

„Renaaaaaaaaaaaaatchen?"

„Schwester Illuminata, hier bin ich." Beruhigend strich sie über den alten Kopf.

„Wer sind Sie? Und was machen Sie hier?"

Sybille versuchte, die Situation zu erklären.

„Sie können hier nicht einfach hineinlaufen. Ohne Voranmeldung und so. „Renatchen" sah die beiden Polizisten böse an.

„Aber", stotterte Sybille, „Schwester Brunhilde hat uns hochgeschickt."

„Der alte Drachen. Sie weiß genau, dass Illuminata auf Besuch vorbereitet werden muss. Sie ist halt ein bisschen dement, aber sie hat durchaus ihre wachen Momente. Es gibt Tage, an denen sie sofort erkennt, dass ich nicht Renatchen bin. Das ist nämlich ihre längst verstorbene Nichte."

Renatchen putzte sich die Hände an ihrer Hose ab, streckte die rechte aus und sagte: „Anne. Anne Bäumer. Mädchen für alles hier im Kloster. Eigentlich bin ich gelernte Hauswirtschafterin, aber hier erledige ich eben alles und außerdem bin ich für unsere drei Seniorinnen zuständig."

Sybille und Piepenbrock stellten sich ebenfalls vor.

„Meinen Sie, wir könnten mit ihr reden?", fragte Sybille.

„Klar", antwortete Anne, „man muss sie nur ein bisschen vorbereiten."

Vorsichtig schob sie Illuminata ans Fenster, sodass die Sonnenstrahlen auf ihre Haube fielen.

„Illuminata, schau einmal, du hast Besuch." Behutsam sprach das junge Mädchen zu der alten Nonne.

„Die beiden würden sich gerne mit dir über deine Arbeit als Gemeindeschwester unterhalten. Du hast damals zusammen mit ... Wie waren noch mal die Namen?"

Anne Bäumer wandte sich an die beiden Polizisten.

„Schwester Ricarda und Schwester Maria Auguste", warf Sybille schnell ein.

„Schwester Maria Auguste", nuschelte Illuminata, „die ist tot!" Ein Blitzen schoss aus ihren Augen.

„Die ist schon lange tot. Sie ist 1987 gestorben. Da war sie – ich glaube, 83 Jahre alt."

„Aha", antwortete Piepenbrock, erstaunt, dass die Alte sich erinnerte. Vielleicht war es doch nicht ganz vergebene Mühe?

„Die war böse, sehr böse!", kreischte Illuminata jetzt.

„Warum?", wollte Sybille wissen.

„Sie hat Ricarda und mich alles machen lassen und es sich selbst immer sehr bequem gemacht."

Richtig wütend schaute die alte Schwester jetzt ihre Zuhörer an.

„Erzählen Sie mehr!", ermunterte Sybille.

„Mit Ricarda haben Sie sich aber gut verstanden, oder?"

„Ja", strahlte Illuminata, „wir waren Freundinnen, aber leider war sie eines Tages plötzlich weg."

Sie stutzte.

„Aber dann war ich böse. Man lässt Freunde nicht einfach im Stich. Ich wollte nichts mehr mit ihr zu tun haben."

Die Frau schien in sich zusammenzusinken.

„Wo ist Ricarda denn hingegangen?"

„Ich erinnere mich nicht", antwortete Illuminata knapp.

„Ich musste mit Maria Auguste zurück hier ins Mutterhaus und habe dann nur noch in der Gärtnerei arbeiten dürfen. Schrecklich."

Eine unangenehme Pause entstand.

„Renatchen?"

„Ja Illuminata ..."

Piepenbrock versuchte, noch einmal das Gespräch auf Ricarda zu bringen.

„Ricarda? Wer ist das?" Mit erstaunten Augen starrte die Nonne die beiden an.

„Ich glaube, es hat keinen Zweck mehr. Leider. Vielleicht kommen Sie noch einmal wieder. Aber lassen Sie es mich vorher wissen."

Mit dieser Aussage verabschiedete Anne die beiden und schloss hinter ihnen die Tür.

Sie hörten noch: Renatchen? Wer war das?"

„Das war nicht erfolgreich", stöhnte Piepenbrock. „Meinst du, irgendwas, was die Alte erzählt hat, können wir verwerten?"

„Ich glaube, sie ist klarer im Kopf, als wir meinen", antwortete Sybille. „Wir sollten es noch einmal versuchen."

Unten wurden sie schon in der riesigen Empfangshalle erwartet. Ungeduldig ging Schwester Brunhilde auf und ab.

126

„Da sind Sie ja. Leider ist unsere Mutter Oberin heute nicht zu sprechen. Sie ist etwas unpässlich. Sie sollen sich einen Termin bei ihrer Sekretärin geben lassen. Gelobt sei Jesus Christus."

„Komisch", fand Piepenbrock, „als wir kamen, war sie doch noch nicht unpässlich."

„Ich kümmere mich", versprach Sybille und ließ ein „Gelobt sei Jesus Christus" in Richtung Brunhilde fallen. Energisch schob sie ihren Chef vor die Tür.

„Hier stimmt etwas nicht", murmelte der vor sich hin, bevor sie gemeinsam in das Auto stiegen.

17. Kapitel

Am nächsten Vormittag traf sich Mia erneut mit Luise, und wie angekündigt, fuhren die beiden ins Kloster.

Luise war sehr aufgeregt.

„Wie lange wir uns nicht gesehen haben", sagte sie, „und dabei haben wir die ganze Zeit lang in der gleichen Stadt gewohnt."

„Manchmal ist das so", antwortete Mia, „man verliert sich einfach aus den Augen."

„Die Nonnen haben damals aber auch Hals über Kopf unser Dorf verlassen. Ich bin gespannt, ob Schwester Illuminata sich überhaupt an mich erinnert. Erkennen wird sie mich sicherlich nicht mehr."

„Abwarten und Tee trinken", grinste Mia und fuhr schwungvoll auf den Parkplatz des Klosters.

„Da sind wir."

„Ich glaube, hier war ich noch nie", überlegte Luise laut. „Dabei wusste ich doch, dass das hier das Mutterhaus unserer Nonnen ist. Eigentlich traurig."

„Egal", meinte Mia resolut, „besser spät als nie, nun sind wir ja hier."

Beherzt marschierte sie auf das große Portal zu, betätigte die Klingel und wenige Momente später öffnete sich die große Holztür knarrend.

„Ja bitte?"

„Tach, Schwester. Gelobt sei Jesus Christus. Wir sind angemeldet. Mein Luisken möchte ihre alte Freundin Schwester Illuminata besuchen."

„Gelobt sei Jesus Christus."

„Unsere Erleuchtete erwartet Sie, also was man so erwarten nennen kann. Wir haben sie vorbereitet auf Ihren Besuch. Aber wir sind nicht sicher, ob sie verstanden hat, worum es geht ..."

„Oh, so schlimm?", fragte Mia.

„Naja, wie man es nimmt. Sie hat durchaus ihre wachen Momente und eines darf man nicht vergessen, sie ist ja auch schon sehr alt."

„Das kann ja heiter werden", dachte Mia, „so jung bin ich ja auch nicht mehr, aber meine Sinne hab' ich schon noch alle beieinander - meistens wenigstens."

Die Schwester begleitete die beiden durch das große Gebäude, sie stiegen die unzähligen Treppenstufen hinauf, bis sie schließlich vor einer verschlossenen Tür standen.

„Dann wünsche ich Ihnen viel Vergnügen. Ich lasse gleich noch Kaffee für Sie bringen ..." Mit diesen Worten klopfte sie an und ein leises „Ja bitte" ertönte.

Forsch riss Mia die Tür auf, schob Luise hinein und sagte: „Guten Tag Schwester Illuminata. Ich bringe Besuch."

Die wässrigen blauen Augen der Nonne richteten sich auf die Gäste.

Luise stürzte auf die Schwester zu: „Illuminata, ich bin es, Luise. Erinnerst du dich? Ich habe meine Ausbildung in der Brunnenapotheke gemacht, als ihr als Gemeindeschwestern im alten Schulhaus wohntet."

„Luise?"

„Bist du es wirklich?"

„Ja Illuminata, ich bin es und ich freue mich so, dich wiederzusehen. Darf ich dir meine Freundin Mia vorstellen?"

Illuminata würdigte Mia keines Blickes. Freude und Überraschung standen ihr ins Gesicht geschrieben.

„Setz dich Luise, setz dich! Das ist ja eine Freude."

Luise ließ sich auf dem kleinen Cocktailsessel nieder. Mia stand etwas unschlüssig herum.

„Sie dürfen sich auch setzen", sagte Illuminata und deutete mit einer Handbewegung auf den einzigen Stuhl, der sich im Raum befand.

Ächzend nahm Mia Platz.

„Jetzt sach' mal was", ermunterte sie Luise.

Prompt fing Luise an zu erzählen.

„Weißt du noch, wie viel Spaß wir immer hatten?"

„Ja, es war eine schöne Zeit. Wir waren ein gutes Team." Illuminata lächelte selig in Erinnerung schwelgend.

„Wie hieß dein Chef gleich noch, Luise?"

„Dr. Heribert Höping".

„Richtig", antwortete Illuminata, „der war ja nicht immer so nett."

„Wie meinen Sie das?", mischte Mia sich jetzt in das Gespräch.

„Ach", sinnierte die Schwester, „weißt du noch Luise, dass er dir immer nachgestellt hat? Der alte Lustmolch!"

Bei dieser Äußerung musste Mia kichern. ‚Lustmolch' aus dem Munde einer uralten Nonne. Aber die Aussage interessierte sie umso mehr.

„Wie jetzt Schwester, Lustmolch?"

„Der war doch hinter jedem Rock her. Allerdings war er bei seinen Kundinnen sehr beliebt, so manch eine hat ihn angehimmelt. Naja, er war ja auch so ein ganz fescher."

Erschrocken hielt sie inne und eine leichte Röte zierte plötzlich ihre Wangen.

„Also ich fand es total abartig", entrüstete sich Luise, „und ich habe mich immer total bedrängt gefühlt."

„Aber du warst nicht die Einzige, auf die er es abgesehen hatte. Was ist eigentlich aus ihm geworden?"

„Stimmt, ich hatte manchmal das Gefühl, dass er selbst auf Ricarda ein Auge geworfen hatte und auf das junge Ding, was abends immer zum Putzen kam. Wie hieß die denn gleich noch?"

Illuminata ging nicht auf Luises Frage ein. Hatte sie sie einfach überhört? Aber beim Namen ‚Ricarda‘ verdüsterte sich ihr Blick und ihre Augen füllten sich mit Tränen.

„Ricarda", flüsterte sie. „Sie war damals meine engste Vertraute. Wir waren so jung, so unerfahren und hatten beide das gleiche Schicksal. Unsere Eltern hatten beschlossen, dass wir ins Kloster gehen sollten. Das war damals in vielen Familien so, waren mehrere Töchter da, so musste eine in einen Orden eintreten, denn die Angst, dass nicht alle gut verheiratet werden konnten, war zu groß."

Illuminata seufzte tief.

„Du wolltest gar nicht Nonne werden?", fragte Luise erstaunt.

„Nein, ich habe immer von einer großen Familie geträumt, aber dann kam es eben anders und ich habe mich natürlich dem Willen meiner Eltern gebeugt und Ricarda ebenfalls. Dabei war sie so ein hübsches Mädel. Alleine ihre Haare ..."

„Das wusste ich nicht", stammelte Luise, „und es tut mir furchtbar leid."

„Ach, weißt du. Wir haben dann versucht, das Beste aus unserer Situation zu machen. Die Zeit als Gemeindeschwestern war wunderbar. Wir hatten viel Spaß. Naja, Schwester Maria Auguste war ein echter Drachen. Sie wollte uns zu guten Nonnen erziehen und war sehr, sehr streng. Aber so manches Mal haben wir ihr ein Schnippchen geschlagen."

Die alte Nonne musste lachen.

„Kannst du dich erinnern, dass du uns einmal mit zum Tanz in den Mai genommen hast. Maria Auguste hat fast einen

Herzinfarkt erlitten, als sie es rausfand. Aber das war die Sache wert."

Auch Luise konnte sich erinnern und lachte.

Plötzlich liefen Illuminata Tränen durch das Gesicht.

„Deshalb war ich damals auch so schockiert, als Ricarda uns von heute auf morgen verließ."

Sie schluchzte: „Das Schlimmste aber war, dass sie sich nie, nie wieder bei mir gemeldet hat. Als ob es sie niemals gegeben hat. Das habe ich nicht verstanden."

„Hat sie denn nicht einmal geschrieben?", fragte Mia erstaunt.

„Nein. Sie war einfach weg. Unsere damalige Mutter Oberin – Gott habe sie selig – hat damals erklärt, Ricarda wäre die Richtige, um die Eingeborenen zu missionieren. Das war es. Maria Auguste und ich mussten dann sofort die Gemeindewohnung verlassen. Wir kehrten ins Mutterhaus zurück und ich durfte mein Leben lang im Garten schuften."

Illuminata weinte heftig.

„Das war nicht das Leben, das ich wollte. Ich hätte so gerne im Kindergarten gearbeitet. Aber Mutter Oberin war unerbittlich."

„Aber Ricarda musste doch Kontakt zu ihrer Familie haben", gab Mia zu bedenken.

„Nein. Niemand hat je wieder von ihr gehört. Ich habe mich ein paar Mal sonntags nach der Andacht mit einer ihrer Schwestern getroffen. Aber die wusste auch nichts und war genauso traurig wie ich."

Abrupt brach sie das Gespräch ab.

„Ich möchte da auch nicht mehr drüber reden. Luise, erzähl du doch, wie ist es dir ergangen in all den Jahren?"

Luise wollte gerade anfangen zu berichten, doch Mia unterbrach sie barsch.

„Irgendwo muss die Ricarda doch geblieben sein."

„Lebt sie noch?"

„Das weiß nur unser Herrgott ... Und jetzt sag' ich gar nichts mehr!"

Die Nonne wandte ihren Kopf ab.

„Schwester Illuminata ...", versuchte Mia es erneut.

Aber die schüttelte den Kopf und presste die Lippen fest aufeinander.

In die Stille hinein klopfte es an der Tür.

Ein junges Mädchen erschien und stellte ein Tablett mit Kaffee und Kuchen auf den Tisch.

„Na, das hat ja gedauert", dachte Mia, „aber vielleicht kommt diese Nonne jetzt auf bessere Gedanken."

Die aber schien gar nichts mehr wahrzunehmen.

Teilnahmslos saß sie da.

„Ich glaube, das Kaffeetrinken verschieben Sie lieber", sagte die junge Bedienstete. „Wenn Schwester Illuminata so guckt, dann taucht sie in ihre eigene Welt ab. In der ist für uns dann kein Platz."

Sofort erhoben sich Luise und Mia, obwohl Mia sehnsüchtig auf den Kuchen schielte.

„Meinen Sie nicht, wir könnten es noch einmal versuchen?", warf sie ein. Der Kuchen sah zu herrlich aus und war bestimmt selbst gebacken. Es würde sie doch sehr interessieren, ob die Nonnenbäckerin besser backte als sie selbst.

„Ich fürchte, das wird hier nichts mehr", sagte die Pflegerin.

Luise zog Mia hinter sich her.

Unwirsch schüttelte Mia die Hand ihrer Freundin ab.

„Lass uns wenigstens den Kuchen probieren", flüsterte sie.

„Mia! Jetzt komm!"

Luise lächelte Illuminata noch einmal an, streichelte ihr über die Wange:

„Ich komme wieder!"

„Ich auch", dachte Mia und sagt laut: „Tschüsskes, Schwester, wir sehen uns wieder."

Doch die Nonne reagierte nicht mehr.

Sie waren noch nicht im Foyer des Hauses angekommen, da zeterte Mia auch schon los: „Mensch Luise, ein Stückchen Kuchen hätten wir doch wohl noch essen können. Und eine Tasse Kaffee hätte mir gutgetan. Schließlich bin ich auch nicht mehr die Jüngste."

„Hast du denn nicht gesehen, dass Illuminata völlig abwesend war? Was hätten wir denn noch reden sollen?"

„Beim Essen braucht man nicht zu reden", beharrte Mia.

„Du spinnst!"

Mia war enttäuscht. So viel hatte sie sich von diesem Gespräch erhofft. Aber was wirklich Neues hatten sie nicht erfahren.

In Gedanken fasste sie noch einmal zusammen: Dr. Höping war ein echter 'Lustmolch' gewesen. Noch immer musste sie über diese Wortwahl kichern. Die beiden jungen Schwestern hatten sich gut verstanden, die andere Nonne Maria Auguste war wohl nicht so nett gewesen. Angeblich hatte Dr. Höping sogar ein Auge auf Ricarda geworfen und diese Putzfrau spielte gar keine Rolle. Weder Luise noch Illuminata konnten sich an ihren Namen erinnern.

„Sach' mal, Luise, was war denn da mit Dr. Höping und deiner Ricarda?"

Auf dem Weg zum Auto versuchte Mia, etwas aus Luise herauszubekommen.

„Nichts!", antwortete Luise sofort. „Sie fand ihn genauso blöd wie ich auch. Manchmal haben wir Witze darüber gemacht, dass er keine Frau hatte. Aber uns hat es nicht gewundert. Welche Frau will einen Mann, der stets anderen Röcken hinterherschaut."

„Es hat dich nie gewundert, dass Ricarda auf einmal verschwunden war?"

„Ich fand es traurig. Zumal ich mich einsam gefühlt habe, so allein mit Dr. Höping ... aber die Erklärung, dass Ricarda in die Mission ging und die anderen beiden zurück ins Mutterhaus, war einleuchtend. Damals beugte man sich solchen Entscheidungen. Ich habe Ricarda noch geholfen, die Koffer zu packen. Sie hat die ganze Zeit über schrecklich geweint und dann war sie weg. Wir konnten uns noch nicht einmal richtig voneinander verabschieden."

„Das heißt, ihr wart dann nur noch zu dritt in dem großen Haus?"

„Wieso zu dritt?", fragte Luise irritiert.

„Du, Dr. Höping und dieses Putzmädel."

„Ach so meinst du das. Die kam plötzlich auch nicht mehr. Hatte wohl was Besseres gefunden. Konnte ich gut verstehen, immer nur putzen und das für einen Hungerlohn. Ich war dann ja auch bald weg. Ich hab' doch meinen Alfons kennengelernt ..."

Ins Gespräch vertieft liefen die beiden in Richtung Auto. Von Weitem sahen sie eine junge Frau auf sie zukommen.

„Guck' mal, Luisken, da kommt dat Polizeiwichtken", freute sich Mia.

„Guten Tag, Frau Hegemann", grüßte Mia freundlich und bot der Polizeibeamtin die Hand.

„Frau Schulte? Was machen Sie denn hier?"

„Wir, also das Luisken beziehungsweise die Frau Stegemann, hat ihre alte Freundin Schwester Illuminata besuchen wollen und ich bin nur die Taxifahrerin. Alte Leute sind ja nicht mehr so mobil."

„Aha. Frau Schulte, Sie versuchen nicht schon wieder, unsere Arbeit zu tun?"

Sybille schaute die alte Dame streng an.

„Fräulein, wo denken Sie hin?", empörte Mia sich.

„Dieses olle Skelett hat so viel aufgewühlt und da ist es doch kein Wunder, dass Frau Stegemann die Nonne mal wieder sehen wollte. Aber – also jetzt mal im Vertrauen – die hat nicht mehr alle Tassen im Schrank."

„Aber Mia, eigentlich wolltest du doch, dass ich ...", mischte sich Luise nun ins Gespräch.

„Papperlapapp", unterbrach Mia die Freundin, „was soll ich denn bei der ollen Nonne?"

Wirklich entrüstet blickte sie auf Luise. Zur Sybille sagte sie: „Also echt, das ist ein Kreuz mit den alten Leuten."

Sybille wusste nicht, was sie von all dem halten sollte.

Mia schüttelte energisch den Kopf und schob Luise in Richtung ihres Mercedes.

„Schüsskes, Frolleinchen und gutes Ermitteln!"

„Hoffentlich findet die nicht mehr raus als ich", fügte sie in Gedanken dazu.

„Mia! Du wolltest, dass ich Illuminata besuche!"

Luise war wirklich angesäuert.

„Nee, Luisken, wat soll ich denn mit deiner Nonne? Du wolltest das!"

Luise schaute angestrengt aus dem Fenster. Die restliche Fahrt verlief schweigend.

Eisig verabschiedeten sich die beiden alten Damen voneinander, als sie an der Seniorenresidenz angekommen waren.

„Watt 'ne blöde Gans", fluchte Mia laut vor sich hin, als sie auf dem Heimweg war. Die bringt mich noch in Teufels Küche. Ich hab' doch versprochen, mich rauszuhalten.

Küche war allerdings ihr Stichwort, und den Rest des Heimwegs verbrachte sie damit, darüber nachzudenken, was sie kochen wollte.

Luise hingegen wurde den Gedanken nicht los, dass Mia nicht mit offenen Karten spielte. Vor sich hin grollend schloss sie ihre Zimmertür auf.

Sybille war im Kloster sehr freundlich empfangen worden.

Voller Entsetzen lauschte die Mutter Oberin den Erzählungen der jungen Kriminalbeamtin.

„Frau Hegemann, es tut mir leid, aber Schwester Ricarda kenne ich nicht mehr. Wenn ich Sie richtig verstanden habe, so soll sie in die Mission geschickt worden sein. Leider haben wir vor einigen Jahren einen schrecklichen Wasserrohrbruch gehabt und fast alle Dokumente aus der damaligen Zeit sind vernichtet worden. Aber ich verspreche Ihnen, Nachforschungen anzustellen. Vielleicht erfahren wir von den Afrikanern etwas."

„Das wäre sehr schön, Schwester. Vielen Dank für Ihre Mithilfe. Es kann ja nicht sein, dass eine Ordensfrau so einfach vom Erdboden verschwindet."

„Manchmal geht der Herr seltsame Wege", lächelte die Oberin.

„Gelobt sei Jesus Christus."

Mit diesen Worten beendete die Nonne das Gespräch.

„Auf Wiedersehen", wollte Sybille antworten.

„Sie müssen ‚In Ewigkeit, amen' erwidern", wurde sie des Besseren belehrt.

Enttäuscht machte sich Sybille auf den Weg zurück ins Kommissariat. Dass sie Mia und Luise auch traf, hatte sie längst vergessen und so hatte sie ihrem Vorgesetzten auch nicht viel zu berichten.

18. Kapitel

In den nächsten Tagen widmet sich Tante Mia ganz ihrer Familie und natürlich Max. Die Kinder genossen es sichtlich, dass die Kinderfrau endlich wieder Zeit für sie hat. Hubertus und Sigrid beobachten das Ganze zufrieden.

„Endlich scheint Tante Mia zu Vernunft gekommen zu sein", freut Hubertus sich, „die Polizeiarbeit ist anscheinend doch nichts für sie."

„Ja", antwortete Sigrid, die dem Frieden allerdings nicht so ganz traute, zu gut kannte sie die alte Dame. Es passte nicht so ganz, dass sie so einfach aufgab.

„Unsere Küche ist auch wieder fertig, so kann unser Leben wieder geregelt ablaufen", ergänzte sie.

„Solange Tante Mia hier das Zepter schwingt, wird es hier vermutlich nie mehr geregelt ablaufen", lachte ihr Mann.

„Aber, es würde mich dennoch interessieren, wer unser Skelett war und was wirklich passierte", überlegte Sigrid.

„So schrecklich es auch ist, aber ich vermute, dass die ganze Geschichte niemals aufgeklärt wird. Dazu ist es zu lange her". Hubertus seufzte. „Versuchen wir doch einfach, die ganze Sache zu vergessen."

Ähnliche Gedanken hatte Piepenbrock im Kommissariat auch. Es war aber auch zu verzwickt. Seit Wochen war er keinen Schritt weitergekommen. Sein Bauchgefühl sagte ihm zwar, dass mit dieser Afrikanonne irgendetwas nicht stimmte, aber auch an dieser Stelle stockten alle Ermittlungen.

„Ich finde es komisch, dass niemand etwas weiß", resümierte Sybille. „Wenigstens die Eltern hätten doch wissen wollen, was aus ihrer Tochter geworden ist. Meinst du nicht?"

„Eigentlich schon, aber wer weiß schon, was die Wahrheit ist und wer diese kannte und inwiefern der Orden mit in der Geschichte drinhängt. Aber wenn die Unterlagen verschwunden sind ...“

„Vielleicht hast du recht, aber ein merkwürdiges Gefühl bleibt. Die Oberin jedoch wollte für uns Kontakt nach Afrika aufnehmen. Vielleicht ergibt das ja noch etwas.“

Tante Mia hatte derweil ihr altes Schreibheft ordentlich gefüllt. Viele Fakten hatte sie zusammengetragen und im Gegensatz zur Polizei dachte sie gar nicht daran, aufzugeben.

Nachdem sie bei einem starken Kaffee noch einmal alles überdacht hatte, war sie zu der Erkenntnis gelangt, dass Schwester Illuminata mehr wusste, als sie zugab.

„Ob wohl mein Luisken da mit drinhängt?“, rätselte sie und vergaß dabei ganz, dass sie ja eigentlich böse mit ihr war.

„Das kann ich mir nicht vorstellen. Sie war wirklich entsetzt, als ich ihr von meinem Fund berichtet habe. Sie hätte sich bestimmt verbabbelt, wenn sie etwas wüsste. Aber diese Nonne, die war komisch.“

Je länger sie darüber nachdachte, desto sicherer wurde sie, dass Illuminata der Schlüssel des Geheimnisses war.

Sie wäre nicht Mia Schulte, wenn sie der Sache nicht auf den Grund gehen würde.

In der Zwischenzeit hatte die Oberin des Ordens ihr Wort gehalten. Sie hatte Kontakt nach Afrika aufgenommen. Dank der neusten technischen Errungenschaft hatte sie mit dem schwarzhäutigen Priester skypen können. Wie jedes Mal, wenn sie dieses 'Bildtelefon' benutzte, war sie fasziniert, dass sie demjenigen, mit dem sie sprach, und der am anderen Ende dieser Welt weilte, in die Augen schauen konnte.

Priester Abeeku war sehr gesprächig und freute sich, mit der Nonne aus dem fernen Deutschland zu reden. Nachdem man zuerst über dies und das geplaudert hatte, kam die Oberin auf ihr eigentliches Anliegen.

„Priester Abeeku, wir versuchen, etwas über eine Mitschwester von uns herauszufinden. Sie wurde 1958 zu Ihnen in die Mission geschickt. Unsere damalige Mutter hatte es so gewollt. Seltsamerweise verlaufen sich alle Spuren und sie scheint, wie vom Erdboden verschwunden zu sein."

„Wie war ihr Name?", erkundigte sich der Priester.

„Schwester Ricarda:"

„Mir persönlich sagt es nichts. Aber das muss noch nichts heißen. Ich werde mich hier umhören und auch in unserem Archiv nachforschen. Das gibt es ja nicht, dass eine deutsche Nonne verschwindet.

Nachdem man sich herzlich voneinander verabschiedet hatte, Priester Abeeku versprochen hatte, sich schnellstmöglich wieder zu melden, drückte Mutter Oberin auf den Knopf und der Bildschirm vor ihr wurde schwarz.

Sie nahm sich vor, selbst auch einmal mit Illuminata zu reden. Sie war 1958 nicht in Münster gewesen und wusste aus dieser Zeit nicht viel. Außerdem gingen zu der Zeit viele Schwestern ins Ausland. Es war ja so wichtig, die Heiden, wie sie noch immer die Menschen, die nicht ihrem Glauben angehörten, nannte, zu bekehren.

Bevor sie diesen Gedanken weiterverfolgen konnte, klingelte ihr Telefon.

Piepenbrock hatte zur gleichen Zeit doch noch eine Idee. „Sybille, ich fahre doch noch einmal zum Einwohnermeldeamt. Vielleicht gibt es noch Verwandte dieser Ricarda. Wie hieß die noch gleich mit bürgerlichem Namen?"

„Moment", rief Sybille und blätterte eifrig in den Akten.

„Hier hab' ich es: Mechthild Kempken. Aber jetzt mal im Ernst, die Eltern müssen doch schon lange tot sein."

„Vielleicht gibt es aber noch lebende Geschwister oder Nichten und Neffen oder was weiß denn ich."

„Die werden sich nicht erinnern können. Sie ist seit 1958 verschwunden."

„Egal. Ich probiere es. Eine andere Möglichkeit haben wir doch gar nicht mehr."

Pfeifend lief er durch das Polizeigebäude, schnappte sich sein Fahrrad und radelte auf dem schnellsten Wege in die Innenstadt.

Mia hatte Kuchen gebacken, das beruhigte sie stets ungemein. Sie versprach den drei Jungens, am späten Nachmittag einen langen Spaziergang mit ihnen zu unternehmen, schärfte Max ein, sich ruhig zu verhalten: „Bald ist es vorbei, Mäxchen, ich verspreche es dir. Aber ich muss wissen, wer hinter diesen Knochen steckt und was passiert ist und letztendlich bist du ja an allem schuld. Hättest du nicht gegraben, dann ..."

Sie führte den Satz nicht mehr fort, sondern schnappte sich die Autoschlüssel und fuhr forsch in Richtung Umgehungsstraße. Unterwegs ließ sie ihren Gedanken freien Lauf. Je länger sie nachdachte, je mehr war sie davon überzeugt, dass Illuminata etwas wusste.

„Ich Dussel", schrie sie plötzlich laut und wäre vor lauter Schrecken beinahe ihrem Vordermann auf die Stoßstange gefahren.

„Mein Skelett kann nur die verschwundene Nonne sein! Bin ich eigentlich dumm? Und darum weiß niemand etwas über ihr Verschwinden?"

Höchst beschwingt, dass sie den Fall gelöst hatte, fuhr sie mit Vollgas auf den Parkplatz des Klosters.

Grimmig stapfte sie dem Hauptportal entgegen. „Das könnte euch hier so passen, einen Mord zu vertuschen. Ha – da kennt ihr aber Mia nicht."

Piepenbrock hatte sein Ziel erreicht. Mit seinem schönsten Lächeln versuchte er, die Standesamtsbeamtin zu bezirzen.

„Es wäre super, wenn wir etwas finden würden", säuselte er, „Sie würden der Polizei eine große Hilfe sein."

Eifrig suchte die Dame in ihrem Computer.

„Es sieht schlecht aus, Herr Kommissar, niemand aus der Familie scheint noch am Leben zu sein beziehungsweise hier in Münster zu wohnen."

Piepenbrock zog ein enttäuschtes Gesicht.

„Das gibt es doch gar nicht."

„Moment, hier habe ich was."

„Anne Schneider, geborene Kempken, wohnhaft hier in Münster. Das Alter kommt auch hin, es könnte eine jüngere Schwester sein."

„Sie sind ein Schatz!" Piepenbrock strahlte und steckte schnell den Zettel, den die Beamtin ihm zugeschoben hatte, ein.

„Tausend Dank und einen wunderschönen Tag noch."

Gut gelaunt verließ Piepenbrock das Amt.

„Geht doch", dachte er und beschloss, die alte Dame sofort aufzusuchen.

Brav hatte Mia die Nonne an der Pforte begrüßt und erklärt, dass sie Schwester Illuminata besuchen möchte.

Behände stieg sie die Treppen hoch, klopfte kurz an, wartete kaum das 'Herein' ab und lief direkt auf die Nonne zu.

„Tach, Schwester Illuminata. Ich bin es noch einmal, die Mia. Sie wissen schon, die Freundin von Luise."

Zögerlich schaute die Schwester Mia an.

Selten bekam sie Besuch, von wem denn auch und jetzt in kürzester Zeit zweimal hintereinander. Außerdem, was wollte diese fremde Frau? Sie kannten sich doch gar nicht.

„Was führt Sie zu mir, Frau Schulte?"

„Ach, dat Frau Schulte lassen wir mal. Ich bin die Mia."

Schnell schob sie einen Stuhl zur Rechten der Schwester, ließ sich nieder: „Meine Knochen sind auch nicht mehr die besten", erklärte sie.

„Jaja, das Altwerden ist schon anstrengend", ergänzte Illuminata.

„Geht so. Aber nun, Butter bei die Fische! Ich bin mir sicher, Sie wissen, wat mit der Ricarda passiert ist. Wissen Sie, ich hab' nämlich 'nen Skelett gefunden und keiner weiß, wer es ist. Das geht doch nicht. Und ich glaube, Sie wissen das ganz genau."

Entgeistert starrte Illuminata Tante Mia an. Sämtliche Farbe war aus ihrem Gesicht gewichen. „Was wollen Sie von mir?", kreischte sie. „Wieso Skelett? Wieso Ricarda? Ich weiß nichts!"

„Ja also", setzte Mia an und wollte von Anfang an berichten, doch dazu kam sie nicht mehr.

„Hilfe", schrie die alte Nonne, „Hilfe, ich werde belästigt."

Obwohl sie sehr gebrechlich war, war ihr Stimmvolumen enorm, und ehe Mia sich versah, war sie von einem Rudel Schwestern umgeben.

„Was ist hier los?", donnerte eine von ihnen.

„Diese Frau bedroht mich!", zeterte Illuminata.

„Papperlapapp", antwortete Mia resolut. „Ich wollte nur ein paar Fragen stellen. Bedrohung? Sie hat doch nicht alle Tassen im Schrank. Wohl aber Dreck am Stecken ..."

„Mein Herz, mein Herz", stöhnte Illuminata und griff sich an die linke Körperhälfte".

„Sehen Sie, was Sie angerichtet haben!"

Mia wurde aus dem Raum gezerrt.

Sie hörte noch: „Schnell, ein Arzt muss her!"

Sie selbst wurde genötigt, das Kloster sofort zu verlassen und in diesem Zuge sprach man ihr ein lebenslängliches Hausverbot aus.

„Ich komme wieder!", schnaubte Mia und war sich sicher, auf

dem richtigen Weg zu sein.

Nachdem sie sich ein wenig beruhigt hatte, startete sie ihr Auto und fuhr gemächlich los. Ganz wohl war ihr dann doch nicht in ihrer Haut. Wenn Hubertus das erfahren würde, oh Gott oh Gott. Der würde da mal wieder ein Drama draus machen. Dabei war sie so kurz vor der Lösung. Aber ihr glaubte man ja nicht. Als ob die anderen nicht wissen wollten, wer das Skelett war. In diesem Moment bereute Mia, dass sie nicht eine frische Leiche ausgegraben hatte. Das hätte das Ganze doch vermutlich sehr vereinfacht.

Piepenbrock hatte die angegebene Adresse gefunden und stand jetzt vor der Haustür von Anne Schneider.

Eine kleine, grauhaarige Frau öffnete direkt nach dem ersten Schellen.

„Guten Tag, Frau Schneider. Kommissar Piepenbrock von der Kripo Münster." Piepenbrock zückte seinen Dienstausweis.

Frau Schneider erschrak: „Was ist passiert? Ist etwas mit meinem Enkel?"

„Nein, nein", beruhigte Piepenbrock die alte Dame. „Wir ermitteln in einem etwas ungewöhnlichen Mordfall und ich hätte ein paar routinemäßige Fragen an Sie."

„An mich?", fragte Frau Schneider ungläubig. „Was habe ich damit zu tun?"

„Darf ich zuerst einmal hereinkommen?"

„Natürlich, kommen Sie in die gute Stube!"

Dankend lehnte Piepenbrock eine Tasse Kaffee ab und begann direkt.

„Frau Schneider, sind Sie zufällig die Schwester von Mechthild Kempken, spätere Ordensschwester Ricarda?"

Frau Schneider wurde blass. Tränen traten in ihre Augen.

„Haben Sie Mechthild gefunden?"

„Das weiß ich leider noch nicht. Aber ich habe ein paar Fragen an Sie."

Piepenbrock fing an zu erzählen. Er berichtete von Mias Fund, von den Nachforschungen, die er bis jetzt betrieben hatte, und gab zu, dass sie in einer Sackgasse saßen. Sie wussten nicht, wer die Tote ist, aber sie hatten auch keine Ahnung, was mit Schwester Ricarda geschehen war.

Mit großen Augen folgte Anne Schneider den Erzählungen.

„Das hieße, Mechthild wäre die ganze Zeit bei uns in Münster gewesen?"

„Falls sie das Skelett ist, ja. Nun, da wir Sie gefunden haben, können wir leicht einen DNA-Abgleich machen. Dann haben wir Klarheit. Aber nun erzählen Sie doch einmal, wie es damals war!"

Anne Schneider trocknete ihre Tränen, räusperte sich und begann:

„Meine Schwester wurde damals von unseren Eltern gezwungen, in einen Orden einzutreten. Wir waren fünf Mädchen zu Hause zum Leidwesen unseres Vaters, der sich immer einen Stammhalter gewünscht hatte. Seine allergrößte Sorge war es, dass wir nicht standesgemäß heiraten würden. Um eine Sorge weniger zu haben, beschloss er, dass eine von uns ins Kloster müsste. Da Mechthild bestimmt die Hübscheste, aber auch die Lebensfroheste war, traf diese Entscheidung sie. Ich glaube, Papa hatte immer Angst, sie würde mit einem unehelichen Kind nach Hause kommen. Mechthild war völlig schockiert, ich weiß es noch, als ob es gestern gewesen sei, sie hat sich mit Händen und Füßen gewehrt, aber Papa ließ sich nicht erweichen. Wir Schwestern haben noch versucht, ihn umzustimmen, aber es war nichts zu machen. Also beugte sich Mechthild seinem Befehl und ging in den Orden. Nach einer Weile hatten wir den Eindruck, dass sie anfing, sich einzuleben, und als sie dann mit zwei weiteren Schwestern eine Gemeindewohnung bezog, blühte sie förmlich auf. Die drei schienen eine eingeschworene Gemeinschaft zu sein. Außerdem war in dem Haus auch noch ein

Laden oder so was." Anne Schneider hielt kurz inne und überlegte.

„Es war eine Apotheke", half Piepenbrock weiter.

„Richtig, jetzt wo Sie es sagen, erinnere ich mich. Die Nonnen und die Geschäftsleute hatten, so glaube ich, ein sehr gutes Verhältnis zueinander. Es schien, als ob alles gut wäre. Eines Tages bekamen wir dann die Nachricht, dass Mechthild nach Afrika fliegen würde, um dort in die Mission zu gehen. Da waren wir Schwestern fast ein bisschen neidisch. Afrika. Verstehen Sie? Früher war es ja nun nicht so, dass man mal eben überall hinreisen konnte. Meine Mutter allerdings stand der Sache sehr skeptisch gegenüber, sie hatte Angst, dass Mechthild den Wilden zum Opfer fallen würde. Was sie dann im Übrigen auch zeit ihres Lebens behauptet hat. Denn quasi mit der Abreise Mechthilds verlieren sich ihre Spuren. Wir wissen bis heute nicht, ob sie jemals angekommen ist, geschweige denn, was passiert ist. Mama hat bis zu ihrem Tod Papa große Vorwürfe gemacht und war der festen Überzeugung, er sei an allem schuld, weil er sie ins Kloster geschickt habe."

Überwältigt von der Erinnerung fing Frau Schneider wieder an, zu weinen.

„Warten Sie mal", forderte sie den Kommissar auf, ging zu ihrem Wohnzimmerschrank und kramte aus der untersten Schublade ein vergilbtes Fotoalbum raus.

„Sehen Sie, das hier ist unsere Mechthild."

Eine bildhübsche, sehr junge Frau in Ordenskleidung lachte Piepenbrock auf einem Schwarz-Weiß-Foto entgegen.

„Wow", entfuhr es ihm, „Sie ist ja wirklich schön, selbst mit Haube und diesem unförmigen Habit."

„Nicht wahr", freute Anne Schneider sich. „Sie war wirklich die Schönste von uns fünf Mädels."

„Aber sie hätte doch bestimmt einen guten Mann gefunden", meinte Piepenbrock.

„Bestimmt", lächelte Frau Schneider. „Aber sie war nicht allzu wählerisch. Sie wollte Spaß. Mechthild traute sich Sachen, an die hätten wir noch nicht einmal denken mögen."

„Aha". Das war das Einzige, was Piepenbrock in diesem Augenblick einfiel.

„Haben Ihre Eltern denn ihre Tochter nicht gesucht oder suchen lassen? Der Orden muss doch etwas über den Verbleib gewusst haben."

„Das war ja das Merkwürdige. Niemand wollte etwas wissen. Alle waren höchst bestürzt, aber niemand hat so wirklich etwas unternommen. Ein Jahr nach Mechthilds Verschwinden ist meine Mutter alleine nach Afrika geflogen. Sie hatte so lange gespart, bis sie sich den Flug hat leisten können. Ich weiß noch, welch große Angst sie hatte. Sie besuchte damals die Mission, in der Mechthild arbeiten sollte, aber auch dort wusste niemand etwas. Die offizielle Aussage war stets, sie sei dort niemals angekommen. Fraglich ist auch bis heute, ob sie überhaupt das Flugzeug betreten hat. Ich hoffe insgeheim noch immer, dass sie lebt."

Piepenbrock schaute die alte Dame zweifelnd an.

Unbeholfen bat er um einen Speicheltest, denn damit konnte bewiesen werden, ob das Skelett aus dem Schulhaus Mechthild Kempken alias Schwester Ricarda war.

Frau Schneider willigte ein und so verließ Piepenbrock kurze Zeit später zufrieden das Haus. Natürlich hatte er versprochen, die alte Dame sofort zu informieren.

Er war sich sicher, den Fall so gut wie gelöst zu haben. Zumindest die Identität der Toten. Ob man dann den Mord, das Wie und Warum noch rekonstruieren könnte, das würde sich zeigen. Aber es wäre auf alle Fälle schon ein Erfolg, zu wissen, wer die Tote denn nun ist.

19. Kapitel

Noch am selben Tag brachte Piepenbrock die Speichelprobe zur Untersuchung. Es würde nicht lange dauern, er hätte das Ergebnis in den Händen. Hoffentlich war es auch das, was er erwartete.

Gut gelaunt, endlich einen Schritt weitergekommen zu sein, beschloss er, der Familie Althoff einen Besuch abzustatten. Sicherlich würde es sie interessieren, dass er endlich eine heiße Spur hatte. Außerdem wollte er Tante Mia beweisen, dass er eben doch ein bisschen mehr auf dem Kasten hatte als sie.

Im alten Schulhaus herrschte gute Stimmung. Tante Mia alberte mit den Kindern herum und Hubertus und Sigrid gönnten sich gerade eine Kaffeepause.

Erstaunt begrüßte Sigrid den Kommissar.

„Kommen Sie herein, Herr Piepenbrock, und trinken Sie eine Tasse Kaffee mit uns! Gibt es Neuigkeiten, dass Sie uns höchstpersönlich aufsuchen?"

„Das kann man wohl sagen", antwortete Piepenbrock, „ich glaube, wir sind kurz davor, das Rätsel, wer das Skelett ist, zu lösen."

Stolz blickte der Kommissar um sich.

„Echt?", staunte Sigrid und führte ihn in die geräumige Küche.

„Hubertus, stell dir vor, Herr Piepenbrock weiß, wer unser Skelett ist."

„Nana, ganz sicher ist es noch nicht, aber ich denke, der Gentest wird meine Vermutung bestätigen."

Mia hatte oben gehört, wer das Haus betreten hatte.

„Jungs, Momentchen mal, ich glaub', ich muss mal eben runter. Spielt ihr hier men weiter. Ich bin gleich wieder da."

Wieselschnell lief sie die Treppe hinunter.

„Kommissarchen, wie schön, Sie hier zu sehen." Herzlich begrüßte sie Piepenbrock.

„Ich muss Ihnen was sagen."

„Tante Mia, stell dir vor, Herr Piepenbrock weiß vermutlich, wer das Skelett ist."

Mia funkelte den Kriminalbeamten böse an und sagte: „Ich auch!"

Triumphierend blickte sie in die Runde.

Hubertus fiel beinahe die Kaffeetasse aus der Hand.

Sigrid starrte ihre Kinderfrau wortlos an.

Piepenbrock presste wütend ein 'Wie bitte?' raus.

„Ja", strahlte Mia, „ich wollte Sie anrufen, aber Sie wissen doch, Termine, Termine, Termine. Aber nun erzählen Sie mal."

Gönnerhaft schaute sie Piepenbrock an.

Der straffte seine Schultern und sagte: „Ich glaube, die Tote ist Schwester Ricarda."

„Ha", schrie Mia, „das glaube ich auch. Wir sind doch 'nen tolles Team, Kommissarchen, oder?"

Piepenbrock holte tief Luft. Er musste sich sehr beherrschen, nicht zu platzen.

„Woher wissen Sie das?"

„Ach wissen Sie, ich hab die Nonnen besucht und ein bisschen mit Schwester Illuminata geplaudert und dann habe ich eins und eins zusammengezählt."

Den Ausgang ihrer Ermittlungen verschwieg sie wohlweislich. Sie war sich sehr sicher, dass weder Piepenbrock noch Hubertus es gutheißen würden, dass sie der armen Nonne beinahe einen Herzinfarkt beschert hatte.

Piepenbrock schnaufte und sagte: „Dann brauch ich ja keine weiteren Einzelheiten mehr zu erzählen. Die Dame des Hauses hat anscheinend den Fall gelöst."

Während er es sagte, starrte er Mia wie ein lästiges Insekt an.

„Nun seien Sie mal nicht beleidigt. Schließlich können Sie den Verdacht mit Ihrem Gendings beweisen. Die Möglichkeiten habe ich leider nicht."

Mia lächelte ihn versöhnlich an.

„Wissen Sie was? Ich hol jetzt mal 'nen Aufgesetzten rüber und dann stoßen wir an!"

Hubertus stöhnte laut auf.

„Maria, meinetwegen jetzt noch ein Anstoßen, aber dann ist endgültig Schluss mit deiner Polizeiarbeit!"

„Jaja", antwortete Mia und rannte förmlich aus dem Haus.

Wenig später kam sie mit einer Flasche Aufgesetztem zurück, stellte vier Pinnchen auf den Tisch, schüttete die dunkelrote Flüssigkeit und sagte: „Nicht lang schnacken, Kopp in den Nacken!"

Kaum war der selbst gemachte Likör verschwunden, schüttete Mia nach: „Auf einem Bein kann man nicht stehen!"

Piepenbrock wehrte ab und sagte: „Für mich nicht mehr, ich bin im Dienst."

„Ich nicht", grinste Mia und kippte den Schnaps in einem Zug runter.

Piepenbrock verabschiedete sich und versprach, sich sofort zu melden, wenn das Ergebnis vorläge.

Grollend stieg er in sein Auto. Diese Frau würde ihn irgendwann in den Wahnsinn treiben. Zum Glück war es bald vorbei. Allerdings war mit der Identität noch nicht geklärt, was eigentlich passiert war.

Aber er würde dafür sorgen, dass Mia ihm nicht erneut ins Werk pfuschen würde. Auf keinen Fall.

Sybille war derweil ebenfalls nicht untätig gewesen. Sie hatte sich noch einmal zum Kloster begeben. Die Mutter Oberin hatte sie angerufen und ihr mitgeteilt, dass es Neuigkeiten aus Afrika gäbe. Priester Abeeku hatte sich gemeldet, doch das wollte sie keineswegs mit der Kriminalbeamtin am Telefon besprechen.

Sybille verspürte eine Aufregung. Die Oberin hatte Andeutungen gemacht, die sie nicht so ganz verstand. Dementsprechend gespannt war sie.

Obwohl sie genau wie ihr Chef glaubte, dass die Tote aus dem Schulhaus Schwester Ricarda war. Warum sie da lag und wer es ihr angetan hatte, das musste eben im nächsten Schritt geklärt werden.

Ungläubig folgte Sybille den Ausführungen der Nonne.

„Und Sie sind sich sicher? Kann man diesem afrikanischen Priester Glauben schenken?"

„Ich bin mir sehr sicher. Er hat weder Zeit noch Mühen gescheut, das alles herauszufinden, und glauben Sie mir, ich muss das auch erst einmal verdauen. So etwas hat es in unserem Orden noch nie gegeben."

„Wären Sie so freundlich und kommen morgen früh zu uns auf das Kommissariat am Friesenring?", bat Sybille.

„Wir müssen ein Protokoll aufnehmen und mein Chef sollte es auch erfahren."

„Wenn es sein muss", antwortete die Schwester reserviert. „Was sollen denn die Leute denken, eine Nonne bei der Polizei."

Sie schüttelte den Kopf.

„Die Leute sollen denken, dass Sie uns eine große Hilfe waren."

„Wenn es sich nicht vermeiden lässt. Gegrüßt sei Jesus Christus."

„In Ewigkeit, amen!", antwortete Sybille lakonisch und verließ die heiligen Hallen.

„Der Chef wird staunen", überlegte sie während der Heimfahrt, „das ist ja auch ein Ding!"

Tante Mia feierte im Hause Schulze Althoff derweil ihre 'einmalige Spürnase' und ihren Scharfsinn. Zusammen mit den Jungs sang sie lauthals: „Unsere Tote hat 'nen Namen, wer hätte das gedacht, wer hätte das gedacht, die Mia hat's gerichtet, das wär' doch wohl gelacht."

Hubertus hatte fluchtartig das Haus verlassen. Sigrid versuchte in der Küche, die Stellung zu halten und betete laut vor sich hin: „Lieber Gott, ich finde, es reicht jetzt mit Mias kriminellem Spürsinn. Bitte sorge doch dafür, dass sie sich den wirklichen Dingen des Lebens wieder widmet. Danke und amen!"

Ich hoffe, der Herr wird mich erhören.

Gekräftigt durch diese Gedanken ging sie nach oben, um die Siegesfeier zu beenden. Die Jungs sollten allmählich ins Bett und auch Tante Mia sollte zur Ruhe kommen.

„Mia, ich nehme dir jetzt die Jungs ab, dann kannst du noch in Ruhe eine große Abendrunde mit Max drehen."

„Jau Wichtken, der weiß es ja noch gar nicht. Außerdem kann ich es dann gleich im Dorf erzählen. Um diese Uhrzeit trifft man ja noch den einen oder anderen."

Freudestrahlend küsste sie die drei Kinder, auch Sigrid bekam zwei feuchte Wangen und zog dann beschwingt davon.

Erschöpft ließ Sigrid sich auf das Sofa fallen.

„Was ist los Mama?", fragte Justus. „Es ist so toll, dass Tante Mia nun weiß, wer unser Skelett ist."

Die Zwillinge fingen wieder an, zu krakeelen.

„Ja Justus, es ist toll, aber jetzt ist Schluss. Für heute reicht es."

Maulend gingen die drei in Richtung Badezimmer.

Am nächsten Morgen hing der Himmel voller dunkler Wolken, was so gar nicht zu Piepenbrocks Stimmung passte. Noch war er sich sicher, dass die Identität des Skeletts gleich geklärt wäre. Schnellen Schrittes ging er in die Pathologie.

Anschließend hatte er sich mit Sybille verabredet. Die hatte ihm gestern Abend noch eine wirre Nachricht über das Handy geschickt, aus der er nicht klug geworden war. Klar war nur, dass sie sich heute früh im Büro treffen wollten und die Mutter Oberin im Laufe des Vormittages ebenfalls kommen würde.

Punkt acht Uhr riss Piepenbrock die Bürotür auf.

Sybille saß bereits an ihrem Schreibtisch.

Ihre Blicke trafen sich und statt eines Grußes sagten beide gleichzeitig:

„Unser Skelett ist nicht Schwester Ricarda!"

20. Kapitel

Trotz der eigentlich schlechten Botschaft müssen die beiden Kripobeamten lachen.

„Woher weißt du das?", fragte Sybille neugierig.

„Das war nicht allzu schwer", erwidert Piepenbrock. „Ich habe einen Gentest machen lassen und unsere allseits geliebte Frau Dr. Kückmann hat mal wieder alles gegeben und mir bereits heute Morgen das Ergebnis mit einem breiten Grinsen präsentiert. Ich glaube, sie hat sich ein bisschen gefreut, dass es nicht Ricarda ist. Außerdem hat sie gesagt, dass sie heute Nachmittag eine Überraschung der besonderen Art für uns hat."

„Hmm, was das wohl sein wird?", überlegte Sybille.

„Aber nun erzähl du", bat Piepenbrock seine Mitarbeiterin.

„Gerne, allerdings müssen wir uns ein bisschen beeilen. Ich habe nämlich die Mutter Oberin eingeladen."

„Okay, aber nun mach' es nicht so spannend."

„Also, das ist echt 'nen Ding. Schwester Ricarda hat damals, um genauer zu sein 1958, selbst den Antrag auf Versetzung in die Mission gestellt. Die Mutter Oberin hat alte Unterlagen gefunden, die anscheinend nicht zerstört worden sind. Ricarda hat gefleht, ihren Eltern niemals die Wahrheit zu sagen, sie wollte einfach weg und endlich frei von ihrem doch sehr herrischen Vater sein."

„Das stimmt mit den Aussagen der jüngeren Schwester überein, also die Geschichte mit dem Vater", unterbrach Piepenbrock.

„Da zu der Zeit dringend Unterstützung in der Mission gebraucht wurde, willigte die Ordensleitung ein, obwohl Ricarda eigentlich noch zu jung für diese Aufgabe war. Sie hat dann Münster ohne viele Worte und Aufhebens verlassen. Allerdings verliert sich dann ihre Spur. Priester Abeeku, das ist der in Afrika, hat seinerseits auf Drängen der Oberin noch einmal versucht, etwas herauszufinden. Und tatsächlich ist er fündig geworden. Schwester Ricarda ist damals in Afrika angekommen, allerdings nicht als Nonne, sondern als Mechthild Kempken. Sie hat sich nicht zu erkennen gegeben und ist in die Nähe der Mission gezogen. Natürlich war sie dort als weiße Frau etwas ganz Besonderes. Besonders pikant allerdings war, dass sie ungefähr sechs Monate nach ihrer Ankunft einen Jungen geboren hat."

„Wie?", fragte Piepenbrock.

„Du hast mich schon verstanden. Diesen Sohn hat Priester Abeeku ausfindig machen können. Nachdem er ihm erzählt hat, was hier passiert ist, und dass man der Meinung ist, dass unser Skelett Schwester Ricarda ist, hat er ausgepackt. Seine Mutter hat ihm die ganze Geschichte auf dem Sterbebett erzählt."

„Das ist ja ein Hammer. Eine schwangere Nonne, die nach Afrika flüchtet ... Der Mann muss hierher."

„Das wird nicht nötig sein, die Oberin hat versprochen, uns eine Verbindung herzustellen."

„Wann kommt sie?"

Piepenbrock wurde plötzlich nervös.

„Gleich, aber es bringt uns nicht wirklich weiter. Wir fangen wieder von vorne an. Wir wissen weder, wer das Skelett ist, noch was geschehen ist."

„Vielleicht kann der Sohn Licht ins Dunkle bringen?", hoffte der Kommissar.

Doch bevor er den Gedanken zu Ende denken konnte, wurde die Bürotür schwungvoll aufgerissen und Frau Dr. Kückmann kam hereinspaziert.

„Guten Morgen allerseits", grüßte sie. „Ich hab da was für euch und wollte doch nicht bis heute Nachmittag warten. Ihr erinnert euch an die Stofffetzen oder eher Fäden, die wir bei Mathilda sichergestellt haben?"

„Ja."

„Diese Fäden haben wir untersucht und analysiert. Und – tadaaaaaaaaaaaa - ihr werdet es nicht glauben, sie stammen eindeutig, ohne Zweifel, von einer Nonnenkluft. Wir haben sie sogar noch mit Stoffen aus der damaligen Zeit abgeglichen, sodass unser Ergebnis hieb- und stichfest ist."

„Noch eine Nonne?", stöhnte Sybille. „Eine tote Nonne?"

„Besagte Stofffäden könnten natürlich auch von einer Täterin stammen", gab Frau Dr. Kückmann zu bedenken und grinste breit.

„Sie wissen was!", herrschte Piepenbrock die Pathologin an.

„Könnte man so sagen."

„Raus mit der Sprache!"

„Wir haben so ein klitzekleines Restchen einer DNA-Spur sicherstellen können."

„Und?"

„So rein aus Interesse habe ich dieses Fitzelchen mit der DNA, die Sie mir gestern gebracht haben verglichen."

Piepenbrock bekam große Augen, Sybille stockte der Atem.

„Und?"

„Bingo! Volltreffer.Es besteht eine Verwandtschaft!"

„Ricarda!", brüllte Sybille und Piepenbrock sprang aus seinem Stuhl hoch, schnellte zu der Pathologin und drückte ihr einen dicken Kuss auf die Wange. Anschließend hob er sie hoch, wirbelte sie einmal um die eigene Achse und sagte: „Frau Dr. Kückmann, Sie sind die Beste!"

„Sag' ich doch schon immer", antwortete sie trocken und wunderte sich, dass sie die beiden Kommissare so in Verzücken gesetzt hatte.

„Dann ist Ricarda also die Täterin. Aber wer ist die Tote?"

„Vielleicht erfahren wir noch etwas von dem Sohn. Vielleicht hat seine Mutter auf dem Totenbett ihr Gewissen erleichtert?"

156

„Oder wir sollten noch einmal bei Schwester Illuminata nachhaken."

Diese Überlegungen wurden durch das Kommen der Oberin unterbrochen. Sybille servierte der Ordensfrau einen Kaffee, bevor sie mit der Befragung begann.

Dabei erfuhren sie nichts Neues mehr, aber die Nonne versprach, schnellstens einen Kontakt nach Afrika herzustellen.

Nachdem sie sich verabschiedet hatte, sagte Piepenbrock zu Sybille: „Wir sollten unbedingt Schulte Althoffs und vor allem Frau Schulte informieren, dass das Skelett nicht Ricarda ist."

„Gute Idee, dann lass uns mal fahren."

Tante Mia war gar nicht erfreut, als es klingelte. Sie hatte gestern Abend noch ein bisschen alleine weitergefeiert und die Kopfschmerzen heute Morgen kamen nicht vom Wetter, auch wenn sie es standhaft behauptete.

Langsam ging sie zur Tür und stellte erstaunt fest, dass die Polizei schon wieder da war.

„Dann kommen Sie mal rein."

Mia schlurfte vorweg, die Beamten folgten ihr in die Küche.

„Na, Frau Schulte, war das letzte Schnäpsken gestern schlecht?" Piepenbrock konnte sich ein Grinsen nicht verkneifen.

„Dat kann man wohl sagen", stöhnte Mia und fragte: „Gibt es noch mehr Neuigkeiten?"

„Leider", antwortete Sybille, „nur leider keine guten."

„Ist jetzt auch egal. Erzählen Sie schon!"

„Die Tote ist auf keinen Fall Schwester Ricarda."

„Hä?", gab Mia von sich. „Versteh' ich nicht. Sie haben doch gestern gesagt ..."

„Ich habe gesagt, dass ich es vermute. Es sah auch wirklich so aus. Das dachten Sie doch auch, oder?"

„Stimmt, aber nun schießen Sie los!"

Abwechselnd berichteten Sybille und Piepenbrock, was in der Zwischenzeit alles geschehen war.

Mias Kopfschmerzen verschwanden und aufmerksam lauschte sie den Ausführungen.

„Mann, Mann, Mann!", sagte sie immer wieder.

„Wissen Sie was, Komissarchen, wir sollten uns zusammentun. Dann werden wir das Kind schon schaukeln - äh den Fall lösen - meinte ich natürlich.

Zweifelnd schaute Piepenbrock die alte Dame an.

„Frau Schulte, Sie haben doch versprochen, Ihre kriminalistischen Fähigkeiten ruhen zu lassen."

„Das war aber, als ich dachte, der Fall sei gelöst. Nun ist ja wieder alles anders."

„Lassen Sie mal. Sie kümmern sich um Ihre Familie und wir um den Fall. Aber wir werden Sie informieren. Versprochen!"

Mia begleitete die beiden zur Haustür, ging zurück in die Küche, ließ sich auf einen Stuhl fallen und sagte zu sich selbst: „So Mia, jetzt aber erst recht!"

Entschlossen holte sie ihr Schulheft aus der Schublade und schrieb die neusten Entwicklungen auf. Das sollte ihr helfen, den Durchblick wiederzuerlangen.

„Uns sind jetzt erst einmal die Hände gebunden", sagte Piepenbrock im Auto zu Sybille. „Wir sollten warten, bis sich der Sohn von Schwester Ricarda bei uns meldet. Angeblich wird das ja schon morgen früh sein."

„Was ist mit Schwester Illuminata? Vielleicht wusste sie, dass Ricarda in Umständen ist und eventuell weiß sie auch, was geschehen ist."

„Lass uns das Gespräch mit dem Sohn abwarten. Wenn er die Wahrheit kennt, brauchen wir diese uralte Nonne nicht mehr zu vernehmen."

„In Ordnung", stimmte Sybille zu.

Die weitere Fahrt verlief schweigend, beide hingen ihren Gedanken nach.

Mia hingegen hatte nicht vor, irgendetwas abzuwarten. Sie war eine Frau der Tat.

Nachdem sie lange nachgedacht hatte, war ihr endlich eine Idee gekommen.

„So müsste es gehen. Ist ja wirklich blöd, dass ich im Kloster Hausverbot habe." Entschlossen griff sie zum Telefonhörer: „Hallo Gerlinde, ich bin's, Mia."

„Mia?"

„Gerlinde, du könntest mir einen großen Gefallen tun?" Gerne, Mia", antwortete Gerlinde, die froh war, etwas tun zu können. Sie hatte noch immer das Gefühl, dass Mia ihr noch immer nicht ganz verziehen hatte, dass sie vor einiger Zeit gekniffen hatte.

„Dann hör' mir mal gut zu."

Mia fing an zu erzählen. Sie berichtete, dass man noch immer nicht wusste, wer die Tote denn nun sei, aber dass sie, Mia Schulte, die Idee habe, um Licht ins Dunkle zu bringen. Aber dafür brauche sie eben Gerlinde.

„Warum machst du das nicht selber?"; fragte Gerlinde schüchtern. Mia, die auf keinen Fall zugeben wollte, dass sie das Kloster nicht mehr betreten durfte, antwortete barsch: „Ich dachte, ich gebe dir eine Chance, zu beweisen, was in dir steckt. "

„Natürlich, ich mache es", seufzte Gerlinde ergeben.

„Super", freute Mia sich und fuhr fort: „Dann pass jetzt mal gut auf!"

21. Kapitel

Am Friesenring hatte man akribisch alles für die Skype-Konferenz mit Afrika vorbereitet. Sogar ein Dolmetscher war anwesend, da Ricardas Sohn kein Deutsch sprach und Sybille und Piepenbrock sich nicht sicher waren, ob sie das ganze Gespräch in Englisch führen könnten. Es kam vielleicht auf jede kleinste Kleinigkeit an.

Stocksteif saß Piepenbrock vor dem Bildschirm. So ganz geheuer war ihm die ganze Sache nicht. Aber: Was muss, das muss.

Ein kurzer Piepton kündigte an, dass seine Nummer angemeldet wurde und im selben Augenblick erhellte sich sein Monitor und ein schwarzer Mann lächelte freundlich in die Kamera.

„Hello, I am Mr Abeeku." Zur Unterstützung winkte er.

Piepenbrock winkte freundlich zurück und stellte sich seinerseits vor.

Priester Abeeku versuchte, in fast fehlerfreiem Deutsch zu erklären, wer er ist und dass er nun den Sohn Ricardas vor die Kamera bitten würde.

Sybille hielt die Luft an.

Würde sich das Rätsel nun endlich lösen?

Schnell wurde klar, dass man ohne Übersetzer nicht auskommen würde. Der Mann in Afrika sprach englisch, was die beiden deutschen Beamten nur schwer verstanden. Es war irgendein Dialekt. Also versuchte der Dolmetscher, synchron zu übersetzen.

Nachdem die beiden Deutschen sich vorgestellt hatten, kamen sie relativ schnell auf den Punkt. Sie stellten konkrete Fragen, und so begann John zu erzählen:

„Als es meiner Mutter gesundheitlich sehr schlecht ging, bat sie mich zu sich. Es war abzusehen, dass sie nicht mehr lange zu leben hätte. ‚John', sagte sie, ‚John, ich werde nun mein letztes Geheimnis lüften.' ‚Seit Jahren wolltest du wissen, wer dein Vater ist und warum wir beide hier in Afrika leben. Aufgrund deiner Hautfarbe ist es klar, dass du europäische Wurzeln hast, um genauer zu sein deutsche. Es waren damals schwierige Zeiten, als ich ungewollt schwanger wurde. Dein Vater durfte sich nicht um mich kümmern, das hätte einen riesigen Skandal gegeben, denn – ich war damals noch katholische Ordensschwester. Vielleicht kannst du dir vorstellen, was das bedeutet hat. Ich führte ein geregeltes Leben, bis die Liebe oder das, was ich dafür hielt, dazwischenkam. Als du dich angekündigt hast, musste ich handeln. Niemals hätte ich meinen Eltern, also deinen Großeltern, diese Schande antun können. Nicht nur, dass du in Sünde, nämlich unehelich, gezeugt wurdest, nein, ich trug zu der Zeit auch noch die Nonnentracht. Der einzige Ausweg war für mich deshalb die Flucht. Da ich nicht über finanzielle Mittel verfügte, bat ich um die Versetzung in die Mission. Nach langem Hin und Her wurde meinem Antrag stattgegeben und ich flog mit der nächsten Maschine nach Afrika. Noch im Flugzeug verwandelte ich mich von Schwester Ricarda zurück in Mechthild Kempken. Unter meinem Mädchennamen ließ ich mich in der Nähe der Mission nieder und versuchte, mein Leben in den Griff zu bekommen. Ich hatte nie wieder Kontakt zu deinem Vater. Schreckliche Dinge hat er getan, ich konnte und wollte ihm nicht verzeihen. Ich habe alles versucht, dass du zu einem guten Menschen heranwachsen konntest. Doch nun, mein Sohn, werde ich diese Erde bald verlassen. Der Name deines Vaters braucht dich auch heute nicht zu interessieren. Nur eines sollst du wissen: Für dich habe ich gerne mein Leben geopfert.'"

John atmete schwer, Tränen rollten über seine Wangen.

„Ich habe sie in den folgenden Tagen noch mehrfach nach dem Namen meines Vaters gefragt. Zu gerne würde ich meine Wurzeln kennen, aber sie sagte, es sei alles gesagt. Einige Tage später starb sie in meinem Beisein. Sie sehen, die Tote, die Sie gefunden haben, kann nicht meine Mutter gewesen sein."

„Vielen Dank Herr Kempken für Ihre Offenheit. Tatsache ist, dass wir Stofffasern gefunden haben, die mit Ihrer Mutter in Berührung gekommen sein müssen. Können Sie sich das erklären?"

John schüttelte betrübt den Kopf.

„Nein, das kann ich nicht. Ich weiß aus der Zeit, in der sie Nonne war, rein gar nichts. Erst in diesem Gespräch kurz vor ihrem Tode, habe ich erfahren, dass sie eine Ordensfrau war. Es ist mir ein großes Rätsel, wie sie es geschafft hat, dass es niemals herausgekommen ist. Sie war zeit ihres Lebens eine taffe Frau und mir hat es an nichts gefehlt bis auf die Tatsache, dass sie nie über meinen Vater reden wollte. Und ich glaube nicht, dass meine Mutter etwas Böses getan hat."

Piepenbrock sagte zu Sybille: „Nun wissen wir, dass Mechthild definitiv in Afrika verstorben ist, aber wirklich weiterhelfen tut es uns nicht."

Trotzdem bedankten sich die Beamten für das Gespräch, und nachdem sie noch ein paar belanglose Floskeln ausgetauscht hatten, drückte Piepenbrock auf den Knopf und augenblicklich wurde der Bildschirm schwarz.

„Und nun?", fragte Sybille.

„Keine Ahnung, ich bin mit meinem Latein am Ende. Nun bleib nur noch die Möglichkeit, Schwester Illuminata auf den Zahn zu fühlen. Wobei ich befürchte, dass die alte Dame zu dement ist, um uns weiterhelfen zu können."

„Einen Versuch ist es aber noch wert", ermunterte Sybille ihren Chef.

„Ich versuche für morgen einen Termin abzusprechen, es ist sicherlich besser, sie nicht einfach zu überfallen."

Sybille griff zum Telefon, wählte die Nummer des Klosters und hörte staunend zu, was ihr Schwester Brunhilde, die heute den Telefondienst hatte, berichtete.

„Wir kommen sofort!"

„Chef, auf geht's, aber fix. Im Kloster brennt' s!"

„Dann sollte besser die Feuerwehr ausrücken ..."

„Chef, das war im übertragenen Sinn gemeint. Mia Schulte ist vor Ort."

„Dieses Weib bringt mich noch ins Grab."

Im Dauerlauf gelangten sie zu ihrem Auto. Sybille befestigte schnell das Blaulicht auf dem Dach und schon ging es quer durch die Stadt.

„Denk dran, Gerlinde, mach genau das, was ich dir gesagt habe. Wenn du im Zimmer bist, dann rufst du mich auf meinem Handy an. Hast du die Nummer eingespeichert? Ich drücke dann bei meinem Smartphone die Aufnahmetaste und schwups haben wir alles für die Ewigkeit. Diese Telefone sind doch ein Werk des Teufels. Aber ein gutes!"

Mia guckte selbstzufrieden zu Gerlinde.

„Ja ja", antwortete sie, „ich weiß schon, was ich machen soll."

„Dann sagst du alles genau so, wie ich es dir erklärt habe. Haste verstanden? Und jetzt geh'!"

Mia gab ihr einen leichten Schubs und mit einem mulmigen Gefühl machte Gerlinde sich auf den Weg.

Worauf hatte sie sich bloß eingelassen. Diese Mia, also wirklich. Wenn das man alles gut ging.

„Hoffentlich vermasselt sie es nicht", dachte Mia und ärgerte sich, dass sie nicht selbst dieses ‚Verhör' führen konnte. Zu dumm aber auch, dass sie dieses Hausverbot hatte.

Trotz starken Verkehrs auf der Umgehungsstraße erreichten Piepenbrock und Sybille in Rekordzeit das Kloster. Rasant führen sie direkt vor das große Portal.

Schwester Brunhilde erwartete sie schon.

„Kommen Sie schnell!"

Dass Eile vonnöten war, hörten die Beamten schon von Ferne. Ein Gemisch aus Schreien, Kreischen und Weinen hallte durch die hohen Räume.

Mia hatte natürlich vom Parkplatz aus beobachtet, dass die Polizei vorgefahren war.

Woher wussten denn die Bescheid?

Außerdem waren sie eh zu spät, denn das Geständnis hatte sie, Mia, auf ihrem Handy. Schnell kletterte sie aus ihrem Mercedes und rannte, so schnell sie konnte, hinter den Beamten hinterher.

„Halt!", schrie sie. „Halt!"

„Ich habe den Fall gelöst und Sie können jetzt nichts mehr machen!"

Triumphierend wedelte sie mit ihrem Handy.

„Hier ist alles drauf!"

Irritiert blickte Piepenbrock sie an.

„Jetzt gucken Sie nicht so, Kommissarchen, vertrauen Sie mir ruhig. Schicken Sie mal die Schwester hier nach oben, damit die alte Nonne sich wieder beruhigt und Sie, Sie hören sich jetzt meine Aufzeichnungen an."

Schwester Brunhilde zeterte los: „Sie, Sie haben hier Hausverbot!"

Mia scherte sich um diese Aussage nicht.

„Gehen Sie mal nach oben. Wir gehen dann vor die Tür."

Während Brunhilde ratlos um sich schaute, zog Mia den Kommissar am Hemdsärmel hinter sich her. Der sagte noch: „Schwester, gehen Sie hoch, bitte!"

Mia fügte noch schnell ein „In Ewigkeit, amen" ein und dann standen sie vor dem Portal, Piepenbrock, Sybille und Mia.

Kreidebleich näherte sich Gerlinde der kleinen Gruppe.

„Haste gut gemacht, meine Liebe!", lobte Mia.

„Darf ich jetzt erfahren, was hier eigentlich los ist?", versuchte sich Piepenbrock, Gehör zu verschaffen.

„Klar Kommissarchen. Sie werden Augen machen oder besser Ohren."

Mia grinste und drückte den Wiedergabeknopf ihres Handys:

„Gelobt sei Jesus Christus, Schwester Illuminata."

„In Ewigkeit, amen."

„Schwester, Sie werden sich nicht an mich erinnern, aber ich bin die kleine Gerlinde, deren Mutter immer in der Brunnenapotheke eingekauft hat. Sie haben mir öfter mal ein Bonbon zugesteckt, weil ich so klein und schmächtig war."

„Ich kenne Sie nicht."

„Das tut jetzt nichts zur Sache. Denn ich weiß alles über Sie."

„Was meinen Sie damit?"

„Das wissen Sie ganz genau. Dr. Höping hat sich meiner Mutter anvertraut und sie hat es mir schriftlich hinterlassen."

„Das stimmt nicht!"

„Doch, und wenn Sie mir nicht erzählen, was damals passiert ist, dann gehe ich mit dem Brief zur Polizei. Wenn Sie mir jetzt aber alles berichten und ich weiß, ob mir meine Mutter alles gesagt hat, dann können wir überlegen, was wir machen."

Schweres Atmen war zu hören.

Schwester Illumina begann zu weinen, sie schluchzte lauter und begann zu reden:

„Herr im Himmel, verzeihe mir und meinen Schwestern. Heilige Muttergottes, gebenedeit unter den Weibern ...

„Beten nützt nun auch nichts mehr."

Illuminata schluckte: „Niemand, wirklich niemand, wollte es damals. Angefangen hat alles damit, dass sich Schwester Ricarda, Gott hab sie selig, auf ein Techtelmechtel mit Dr. Höping einließ. Mehr als einmal haben wir sie gewarnt, dass das nicht gut gehen könnte. Aber sie war jung, sie war so hübsch und sie war gegen ihren Willen ins Kloster gesteckt worden, sie wollte leben und zwar mit allem Drum und Dran. „Ich pass' schon auf", hat sie unsere Warnungen immer wieder weggelacht. Aber dann war es doch passiert. Ich erinner mich genau an den Tag, an dem sie zu mir kam und sagte: ‚Illuminata, ich erwarte ein Kind.' Ich bin fast in Ohnmacht gefallen, aber es musste ja so kommen, so viele Nächte, wie sie mit dem Apotheker verbracht hatte. Nun war das Geschrei groß. Ich kenne mich ja ein bisschen mit der Kräuter- und Heilkunde aus und schlug ihr vor, das kleine Missgeschick ungeschehen zu machen. Aber das wollte sie nicht. Sie schrie: ‚Ich versündige mich doch nicht. Der Herr hat mir dieses Geschenk gemacht und ich werde es annehmen.' Sie träumte davon, aus dem Orden auszutreten, glaubte, Dr. Höping würde sie ehelichen, sie würden gemeinsam fortgehen und alles wäre gut. Ich glaube sogar, dass er das vorhatte, nur leider hatte er seine Hormone nicht im Griff, denn kurz darauf stellte die junge Frau, die abends zum Putzen kam, fest, dass sie ebenfalls in guter Hoffnung war. Der Vater war ebenfalls unser Apotheker. Ricarda war außer sich vor Wut, als sie es erfuhr. Sie stellte dem Vater ihres Kindes ein Ultimatum: Entweder du sorgst dafür, dass das andere Kind verschwindet und die Mutter gleich mit, oder ich werde einen Skandal anzetteln, der dich und ein Leben ruiniert.

Unsere Putzfrau wollte das Kind so oder so nicht und ließ sich nur zu gerne darauf ein, dass die Schwangerschaft beendet würde. Also machte ich mich ans Werk. - Ich wünschte so sehr, ich könnte es ungeschehen machen. - Irgendetwas ging an dem Abend schief und die Frau verblutete mir unter den Händen. Hilflos standen wir nun mit einer Leiche da. Aber Ricarda hatte die

166

rettende Idee: Gemeinsam trugen wir sie ins Laboratorium, nahmen den Fußboden auf. Die Zwischendecke war zur Isolierung mit einer dicken Lehmschicht ausgefüllt. Wir hoben diese Schicht aus, sodass wir die Tote dort hineinlegen konnten. Dann schüttete Dr. Höping Mengen von Salzsäure über die Leiche und wir konnten zusehen, wie sich das Fleisch auflöste. Am nächsten Morgen spülte er mit heißem Wasser nach und anschließend verschlossen wir den Boden wieder. Ein fürchterlicher Streit entzweite Ricarda und Dr. Höping, und Ricarda entschloss sich, aus Deutschland zu verschwinden, um ihren Eltern die Schande nicht anzutun. Ich habe nie wieder von ihr gehört. Maria Auguste, die Dritte in unserem Bunde, und ich gingen dann zurück ins Mutterhaus und haben gehofft, dass das Skelett nie gefunden würde. Jahrzehnte lang ist es ja auch gut gegangen ...“

Hier endete die Aufzeichnung und es war nur noch lautes Geschrei und Geheule zu hören.

„Jetzt sind Sie platt, oder?“, fragte Mia in die Runde.

„Allerdings. Wie sind Sie auf die Idee gekommen?“

„Ich hatte nur eine Ahnung, dass Illuminata etwas wusste, aber dass es so zusammenhängt, damit hätte auch ich nicht gerechnet.“

„Der Fall ist fast gelöst“, freute Piepenbrock sich.

„Rätselhaft bleibt, warum damals niemand die Vermisste gemeldet hat. Aber das werde ich auch noch rausfinden.“

„Machen Sie mal“, grinste Mia. „Ein bisschen was müssen Sie ja auch noch tun. Ich brauche jetzt einen ordentlichen Schnaps ...“

„Wir fahren jetzt erst einmal zurück zum Präsidium“, sagte Piepenbrock. „Dort werden wir dann entscheiden, was mit Schwester Illuminata geschieht.“

„Und warum niemand die junge Frau als vermisst gemeldet hat“, ergänzte Mia.

„Das können Sie mir dann morgen Abend beim Essen

167

erzählen. Ich lade alle ein. Ich werde uns so ein richtig schönes westfälisches Gericht kochen."

Piepenbrock wunderte sich über sich selbst, als er sagte: „Gerne Frau Schulte, natürlich kommen wir."

Danksagung

Herzlichen Dank für all die Unterstützung möchte ich folgenden Menschen sagen:

Conny und Franz von Soisses.
Ohne Euch hätte ich die „Mia" nicht auf den Weg gebracht. Denn es ist ein großer Unterschied, eine Idee zu haben oder sie auch wirklich umzusetzen. Durch Eure Begleitung habe ich es geschafft, die „Mia" wirklich ermitteln zu lassen.

Julius Beck.
Ohne Deine Begeisterung für die alte Dame hätte ich die Geschichte nicht zu Ende geschrieben.

Stephanie Müller.
Ohne unsere Schulhofgespräche wäre vielleicht alles ganz anders gekommen. Wie gut, dass uns niemand zuhörte.

Ihr alle habt mir geholfen, eine neue Krimireihe zu beginnen. Ihr seid großartig!

Vielen Dank!